花のカジマヤー

96歳・泣き笑いの独り言

カバー写真について

歌碑建立に寄せて

アカバンタはムラを護る「腰当杜」です。手登根アカバンタ有志の会は、民衆文化の象徴として、また森の保存と活用を図る為に新民謡「あかばんた」の歌碑を建立しました。パンダのようにも見える美石碑です。未来への語りと活用が期待されています。

（本文63頁参照　写真撮影：仲本明光氏）

「まえがき」……のつもりで

戦前の日本教育、皇民化教育しか受けていないぼくが、戦後平和への方向を求めて報道の仕事についたのは二十六歳だった。在沖アメリカの民間情報教育部新聞課勤務（CIE）二年を加えるとジャーナリスト七十一年ということになる。ぼくは米軍政府機関紙「琉球弘報」の編集担当から新聞記者時代へかけて幅広く取材を重ねてきたが、これまで、ため込んだ資料を駆使し『神話の島・久高』『久米島の旅情』『宮良長包伝』『沖縄から見た台湾』『変転沖縄・その戦後』などを書き上げた。ごく最近は二〇一七年、つまり九十五歳の時書いたのが『琉歌にひそむ昔びとの物語』という、至って羅列的な新書版である。そのときはもう、頭も身体もカラッポになっていて、これ以上は書けないと思っていた。友人たちもそう見たらしく、それこそ二百六十人以上の人が集まり、那覇市の大会堂で出版を祝ってくれた。おかげでこの本は七カ月で売り切れた。

　今は、文化、芸能関係の仕事も「顧問」とか「名誉会長」「相談役」などの名前だけしか残っていないし、親しかった多くの友人たちも何人か、勝手にあの世へ往ってしまった。あとは自然にボケていくだけだと思っていたが、なにか気が抜けて面白くない。原稿書きがあるあいだは、朝起きてパソコンに向かってやる気があったのに、起きてもすることがないから、いつまでもベッドでもそもそ、気力がこもらない。老人性ウツ病になりそうだった。その時ふと思った。

「あ、そうだ、ぼくは来年九十七歳のカジマヤー。超老人の思いを書こう、若者たちには〝あれ?老人ってそんなものか〟と思わそう。老人たちは〝そうだった、そうだった〟と思うだろう。〝いや、そうではなかった〟というかも知れない」

　この書のなりゆきはそのような認知症、ボケ老人の、実に気ままな思考であるから、むしろおせっかいに近い内容になっているような気がする。それでもパソコンのキーを打ち続けたのが、この『花のカジマヤー　96歳・泣き笑いの独り言』の一冊である。書きながら笑って泣いて、気がついたらボケが少し遠のいたような感じがした。

ぼくが九十六歳まで生きた時代、そして父や母たちの古い時代を含めて、聞いたまま、思ったまま、感じたままを書き並べただけであるから、たわごとでよいと思っている。

老いてカジマヤー、泣いて笑って独り言、命の終止符を打つその日まで、晩年の向かい風のなかを、自分の歩幅、自分の速度で歩き続けよう。そして書き続けよう。男のロマン「カジマヤー人生」を。

二〇一八年の夏、熱風吹きはじめの頃、寓居で

もくじ

2　政治と社会

3　趣味と遊び

4 民俗と信仰

5 この世とあの世

沖縄のカジマヤーとは

《花ぬカジマヤーや　風連りてぃ廻ぐる
　チントゥンタントゥン　マンチンタン
　　うりさり主ぬ前　うみかきれー
花ぬカジマヤーや　風連りるままに
わ身や楽々と浮き世ままに　友連りてぃ　なまど戻る
　チントゥンタントゥン　マンチンタン
　　うりさり主ぬ前　うみかきれー》

カジマヤー（風車）、数えて九十七歳の旧暦九月七日に行う祝い歌である。これはカジマヤーの童（わらべ）歌だが、年齢が延びて百歳を越す人も珍しくないので、現在は意味が薄くなり歌もあまり聞かなくなった。

ぼくらが七、八歳のころだが、カジマヤーを迎えた金銀派手衣装の大年寄りが荷車に乗せられてムラの十字路を廻っていた。どうしたのか、十字路の下は小川になっていて、アダン葉でつくった十字型の風車を下げ、大人の踊りに合わせて子どもたちが〝ブーイフーイ〟と風を呼んでいたのを覚えている。

九十七歳にもなれば童子心（わらべごころ）に返るということから、おもちゃの風車（カジマヤー）を持たせて遊ばせたのであろう。ムラをあげての祝いであるから、ムラ人も風車を手にして行列をつくった。ムラの行列が済むころ九十七歳の老人を迎えた家庭では、赤白の生地を組み合わせ、仏壇の前に桶を置いて花米を造り、緑寿の箱豆腐を重ねて来客を待つことになる。

次々と訪れる客たちは「六十重ねれば百二十のお祝い　かりゆしのお願いしみてぃ（させて）たぼうれ（おねがいします）」と述べて盃を受ける。百二十歳まで生きられなくても六十を重ねた意味を込めて、小さい豆腐二つをいただくのである。

昔びとの話によれば、以前は祝いの儀式を済ませると若者たちが晴れ着姿のカジマヤー老人を龕（ガン）に乗せてムラの十字路を巡り、墓場までいくところもあったらしい。昔の龕は死人を家から墓場に運ぶ担ぎ物である。

佐敷間切（南城市）で龕があったのは津波古、新里、佐敷、屋比久、仲伊保の五ムラで、手登根にはなかったから佐敷か屋比久から借り入れたという。古いムラながら、なぜ龕がなかったのか、手登根大比屋の意向というがよくわからない。ともあれカジマヤー老人も本物葬儀の際と同じく、赤旗に経文書きとなるが、模擬葬式をしたとしても祝いであるから悲哀感はなかっただろう。

せっかく後生のスガイ（衣装）をさせたのに、カジマヤー老人は元気そのもの、目をパチパチさせ声を立てて笑ったりする。並み居る人たちも大笑い。話に花を咲かせて話題は尽きなかったと聞いた。

大正の末から昭和初期、その時代になるとやや近代的になっていたが、それ以前はカジマヤー老人に死装束をさせ、仏壇のある「二番座」に、死人と同じように「西枕（イリーマックワ）」させて、死者三十三年忌の法要と同じ式を行ったという。沖縄の死装束はややこしい。上衣は左前に合わせ、左襟元に針糸七本の二組を頭の方に向けて重ね、結び目はつけない。帯は一回りにして結ぶことになっていた。カジマヤーになれば、着物の上に祝いの晴れ着をかけるのが常であった。これを「後生のスガイ」（死装束）と言った。逆にそれが長生きの幸せを呼ぶと信じられていた。本人が生きている間に催す葬儀形式の集まりであるから、それはまさに今日で言う「生前葬」のようなものであろう。

時代は移って戦後、カジマヤー老人の祝いに村長や市長など、行政の長が形式的に訪れたりする程度で、昔のような華々しさはない。いまは長命社会になっているので、九十歳以上になっても「天寿を全う」するには早すぎる。新聞広告も、高齢化時代に即して「百歳以上」を「天寿」とすべきではないだろうか。それはカジマヤー老人の実感であるが、老人会の集いではやはり「天寿は百歳以上」に同感する人が多かった。それともいらぬお節介かな？

1　老人と年代認知

年代を認識させるような茅葺き屋根の前に昔の古井戸があった。老人がひとりで洗い物をしていた。年を経た静かな沖縄がそこにあった。

年の初めの「おみくじ」

「正月」と言えば本来、沖縄の正月は旧正月が主であった。「新正運動」などの政治的誘導で新正月を迎えても、それはヤマトゥカラヌウトゥイムチ（本土からのおもてなし）といい、旧正月をヤーニンジュヌウトゥイムチ（家族同士のおもてなし）ということで、御年頭（グニントゥ）、火之神、井戸拝み（カーウガミ）などがあったし、サンジンソー（易・三世相）に「初運気」を占ってもらったものであるが、最近はむしろ新暦正月が盛んで、初運気より「おみくじ」に頼る傾向がある。おみくじには旧正月の占いにひとしい意味をも持たせているような気がする。

さぁ、来年はぼくもカジマヤーの歳。時代は流れて、元号「平成時代」もすぐ終わる。今年戌年の初め新暦元日の朝、ぼくは家族とともに北部恩納のリゾートホテルで初日の出を迎えた。ホテルの階上から数多く建つビルの彼方に晴れた朝海が見える。青と緑が織りなす四十キロにも及ぶ海岸線の彼方に光が広がり、遙か遠くに円形の一線を引く長い水平線が目に映って、何ともいえぬ新年らしい感動を覚えた。しばらく自然の巧みに心をときめかしながら、ぼくらは昼あと金武の観音寺へ向かった。

ここは高野山真言宗の寺院で、山号を「金峰山」といい、琉球八社のひとつで、戦前の古い建築様式が残る貴重な寺院である。拝観自由の大きな鍾乳洞でも知られていて、ふだんは子供連れの観光客が多いと聞いた。

ぼくらが寺院前に着いたのは午後三時半になっていたが、新年の門出を祝う家族連れや観光客などの初詣客で、寺院へ続く長蛇の列が道路のところまであふれていた。「沖縄のおみくじ、一番上等」と、杖を持つ老人客がにこやかに話してくれた。本院に大きなさい銭箱があり、その前にはおみくじを引く箱が四個並び、こどもくじ箱まで置いてある。さい銭を投げ入れて手を合わせ、くじを引き、顔を見合わせて今年の生き方を語り合う人々の顔があった。

要するにそれは健康運、計画性、指導性、企画力、几帳面など、どの程度のものかの占いであり、事故、事件、苦労性、悩み、気まま、愛情とか、自分の生き方への予報である。「よい方向への祈り」を込めて、出てきたおくじは「大吉」「吉」と出るのが一番いいらしい。大吉、吉なら家に持ち帰るが、小吉、凶は近くの木の枝や挿し木に結びつけておくと厄除けになるという。そういえば通り道の端々にたくさんのくじ紙、占い袋などが結ばれていた。

ぼくが引いたおみくじは「大吉」。〝する事なすこと幸の種となって、心配事なく嬉しい運ですからわき目ふらず一心に自分の仕事大事と励みなさい〟と出ている。願望、旅行、学問など十三項目ごとの運勢も並んでいるが、くじ引きの仲間同士の会話で、大吉の人が喜びのあまり階段を飛び越えようとして小石につまずいてケガをし、小吉が出てがっかりしていると、新年度に給料が上がって喜んだという話を聞いた。いや、「大吉」だった人が、もし「小吉」を引いたらもっと大けがを、「小吉」の人が「大吉」だったら給料がもっと上がっていた、などの笑い話になったがどうだろうか。

吉凶の割合は神社の秘密らしいが神社仏閣によって多少異なる。いまはずいぶん簡略化されているが、「暦歴年表」によると昔のおみくじは、だいたい三十種類ほどに分けて、善運では「大吉」が七種類、「吉」が十一種類、「小吉」「半吉」が各一種類、「末吉」が二種類、「末小吉」が一種類というところだったらしい。凶運は「凶」「小凶」「半凶」「末凶」「大凶」となるが、大吉と吉、小吉をふんだんに多くし、とくに大凶は入れない工夫もされていたといわれる。

友人の話によると、今年の占いのひとつに「時期を考えて早くあらため進むがよい。人と人と互いに力あわせてすればよきみちあり。けれどわるいみちと知りつつ進めばわるし注意せよ」と出たらしい。それがどうも米・朝、中・韓、韓・朝を含めたこのごろの国際情勢を示しているようにも思えて、笑い話にした。むしろそれは沖縄県と政府の外交政策や議会にも言いたい気持ちになるではないか。

政情、社会の展望といえばラジオ、テレビなどで、各界の代表が「今年はどうなるだろう」と予測していた。二〇一八年は戊戌（つちのえ・いぬ）の年。沖縄の祭事は旧正月から清明祭、お盆、八月十五夜、十一月の冬至（今年は十六日）など、すべて祖先崇拝とつながっているが、さて吉凶方位はどうなるのだろうか。「全体的に観光が盛んになる」「経済は好転する」。国際問題をからめた政界は「辺野古の基地建設が、県民世論を押し切っていくだろう」という。今年は選挙イヤーともいわれ、東も西も各地域の首長選挙が多く、選挙問題も話題として広がったが、論議では「社会世論が大きく動くのではないか」などの意見が多かった。「波乱含みの歳になるだろう」は毎年同じ発言のような感じだったが、多少の波乱はあるに違いない。みんなして「祈願すれば幸運」、おみくじ「大吉」のように、「平成時代」を過ぎれば新元号の来年は政治も社会も良くなるかも知れない。政界の「大吉」を祈る以外にない？

流れて揺れる「元号制」

二〇一八年の春が過ぎて、一九年の初夏が来たころ、三十年と四カ月続いた「平成時代」が終わる。「平成」は二〇一九（平成三十一）年四月三十日で幕を閉じ、改元によって新時代が始まるのである。そうすると、ぼくたち大正生まれはますます古い世代の人間になる。大正、昭和、平成、さらに新元号と四代の元号を生きてきたのだから、若い人たちからすれば、ぼくたち老人は、遠い時代から生きているような感じかも知れない。でも「元号」によれば明治の最後は、一九一二（明治四十五）年七月二十九日だから、この年に生まれた人はいくつになっているのだろうか。百七歳かな。大正の最後は一九二六（大正十五）年十二月二十四日だから九十三歳、昭和の最後は一九八九（昭和六十四）年一月七日までの期間ということになる。

　では、その「元号」にはどのような意味があるのだろうか。古代中国の漢王朝の武帝が、はじめて「建元」という元号を定めたと史書にある。日本は中央集権（西暦六四六年）ができかかった「大化の改新」を「大化元年」としたのが初の元号といわれるが、皇帝は天命を受けてその位に就き、たんにその領土たる空間を支配するだけでなく、時間をも支配するのである。この思想に基づいて、その治世の時の経過を表示することにしたのが、元号制である。

　「元」とは根元、元始とか、ことの始まり、みなもとを示すもので、戦前まで、元号は絶対的なものを持っていた。「明治維新」「大正デモクラシー」「昭和の大東亜共栄圏」などといわれ、とくに昭和初期の戦時下になると「天皇のために死す」ことが最高の名誉と教え込まれた。キリスト生誕を起源とする西暦などはタブーで、『日本書紀』による神武天皇即位の紀元をとって「皇紀二千六百年」（昭和十五）と言ったが、それも天皇への忠誠と結びつけての年号であった。ぼくらはみんな「日の丸」を右手にもって、〝金鵄輝く日本の・栄えある光身に受けて・いまこそ祝えこの朝（あした）、紀元は二千六百年――〟と大声で歌いつつ大通りの真ん中を大行進した。

その元号（年号）を使用することは、とりもなおさずその皇帝の支配によって国を治めることを意味し、中国の皇帝は配下の国々にも皇帝の年号を使わせた。琉球王国も中国の明朝、清朝の皇帝から冊封を受け、中国年号を使って交易した。例えば「永楽二年、明帝から尚姓を与えられる」とか「万歴三十七年、薩摩の琉球入り」などである。中国の「一世一元」は明の時代から清朝まで続いたが、明治以後の日本も中国のそれに習ったものであろう。

しかし日本は国粋主義をとり、天皇は日本国を創造した神の子孫であるから、その血統ゆえに「現人神」、つまり神が人となって現れたのが歴代天皇であると言うことになった。

日本国を大改造した明治時代は一八六八年九月八日に始まり、この改元から「一世一元制」が採用されたのだが、ぼくらが若いころは明治生まれの人がたくさんいて、社会をとり仕切っていた。教科書や学校教育、公的な文書など「紀元二千六百年」は別として、家庭や社会では日常生活に明治とか大正などの「元号」をつかうことを政策としたに関わらず、県内民衆の間では干支を用いるのが普通であった。明治四十三年生まれとか大正五年生まれというより、老人たちには戌年生まれ、辰年というほうがわかり安かった。干支だと六十年を周期とする決まりがあり、「甲子（きのえね）」（一九二四年）、「丙午（ひのえうま）の女性」（四十三番目、一九六六年）というコトバは他県でもよく使われている。自分の年も「亥年」、「午年」といえば「私より三つ年上」とか「家の姉と同じ年だね」などと比較しやすいということである。

第二次大戦後、沖縄は二十七年間もアメリカ軍に占領支配されていた。その間は日本の年号使用を止められて、ぼくらは年号表記をすべて西暦にするよう指示を受けた。しかしそれによって生活上に不便や混乱が生じたことはあまりなかった。現在でも沖縄は、元号ではなく、干支と西暦を多く用いていることが多い。西暦のほうが海外と比較をする場合、スムーズに理解できるではないか。

時代は歴史とともに流れていく。その昔、「明治は遠くなりにけり」と言われ、俳句で時代の流れを風刺した人がいた。ＮＨＫドラマの終盤にも出ていたが「大正は遠くなりにけり」とはあまり聞かない。逆に「元号は遠くなりにけり」が流行るかもしれない。元号制はなじみにくいが、しかし官庁あたりではまだ元号表記が多いので、全く無関係ではないというのが、現実社会であろう。

あなたは認知症ですか

物忘れがひどくなった。スーパーマーケットでカゴを持ち、急に「何と何を買うんだったけ」となってしまう。大通りを、杖をつきつつ歩いていると向こうから親しく声をかけられる。でも、顔は知っているのにどこの誰だったか急には思い出せない。

「この間は楽しい集いでしたね」

「いや、どうもどうも」

「カラオケ〝なんた浜〟良かったですよ」

「あ、どうもどうも」

誰だったけな、あの人は？と考え続けて「なんだ、昨年の出版懇話会の集いに協力してくれた同僚ではないか」と、あとでわかって恐縮する。我ながらもどかしい。

友人と会う約束をして、急いで家を出ようとしたが肝心のメガネが見つからない。時間もないのにどうしようかと、上も下も探したが無い。あきらめて鏡に向かい、髪の毛をくしけずろうとしたら、メガネはすでに掛けていた。

このようなことが日常茶飯事となり、昨日の夕食も今朝の朝食も「何を食べたかな」と思い出せない。それだけならまだしも、食べたことさえ忘れてしまう。「忘れたことも忘れた」ら認知症症候群間違いないらしい。

しかし認知症にも段階がある。「高齢者＝認知症」と思われている節があるが、それは画一的な思いであり、医者の診断も含めて、自意識としての「認知」と異なる場合が多いのではないだろうか。ある心理学者によると、老齢の人が「私はボケているる」と言っている人はボケていない。腰は曲がっても「ボケていません」と言い張る人こそボケの始まり。本当の認知症の人は自分を「認知症」と思わないという。本当だろうか。

では、認知症というボケは何だろう。「認知症ネット」で探したら、物忘れは加齢によるものと認知症が原因となるものがあると出ている。年寄りボケは脳の生理的な老化が原因で物忘れするが、ヒントがあれば思い出す。しかし認知症は物ごと全体がすっぽりと抜け落ち、ヒントを与えても思い出すことが出来ないし、本人も自覚がないという。医学的な説明と思うが、女性に多いアルツハイマー型、男性に多い脳血管型、これも男性がやや多いレビー小体型などと言われると、ボケ老人にはますますわかりにくい。

若年にも認知症というのがあるらしい。ぼくら老人ボケとどう違うのか、『認知症の私は「記憶より記録」』（沖縄タイムス社・刊）という若年性認知症の本を求めて見た。大城勝史さん（一九七四年生）が、自分史のようにまとめた分厚い書である。

「若年性アルツハイマー病と診断された時は『やっぱり……想像していた最悪の結果になった』と思いました」と書いてある。

しかし、彼には日々感じたことを書き綴る意欲があった。順調にブログを続けていったのである。

「手軽で私の思いを伝えやすいのはブログと考えました」

「パソコンが使えるなら認知症ではなく他の病気では?」

など、さまざまな思いが胸底をかけめぐったという。認知症になっても安心して暮らせる街づくりを進める非営利団体がある。「想いを共有する全国の仲間がネットワークを作り、少しずつの力を結集して、誰もが暮らしやすい地域の実現を目指します」とは、さすが若者・大城さんである。そのあたりが、ボケ老人と異なるところかも知れない。

「認知症」を昔は「阿呆」「痴呆症」と言っていたが、それでは差別的なニュアンスがあり、ふさわしくないとして二〇〇四年、厚生労働省が認知症に統一した。呼び名を変えただけで、病気としての痴呆症が減るわけはないし、それより、痴呆の症状が出た人への行政的対応が先ではないかと思ったりするが、どうだろうか。行政は、名称より医療斡旋を考えて具体性のある老人の介護と指導方法に力をつくすべきだろう。

「認知症」。例えば、自覚はしないが同じ話を何度も言う。約束の日時を間違える。とくに最近は怒りっぽくなり、グチをこぼす。「年のせいか」にしてしまいがちだが、これは認知症への告知であるという。若者でも怒ったり怒鳴ったり、感情の起伏が激しい状態となるが、得意であった三線を手にしなくなり、一日中同じことを繰り返している。家族から頼まれたことを忘れるだけでなく、先ほど話したことも「聞いていない」と言うし、ユメではないのに死んで五十年も経つ親たちとの会話が出たりする。誰も来ないが玄関に人がいるなど、現実の中の幻想である。

ぼくの場合、根拠のない自信が出てくることがある。「まさか自分が認知症になるわけがない」と思っていたら、先ほどのような該当項目が増えてきた。医学書を読むと「認知症は、脳の病気によって記憶・判断力などが弱くなり、日常生活を送ることが困難になった状態を指す」とある。

自分では気づかないのに、子どもたちの目にはよくわかるらしい。優しくしようと思っても、日常の細かい不満やイライラが重なれば〝なんでそんなことぐらいわからないの"と責められる。すると本人が不愉快になる。不愉快なことが多くなると、認知症の進行が早まると、それも医学書に書いてある。

年寄りへの社会的同情もある。九十六歳を過ぎるぼくが知り合いの冠婚葬祭を欠かすことがあっても、「年のせいだろう」と、関係者はぼくをとがめようとしない。どこかの集まりにいくと、真っ先に腰掛けを持ってきてくれる。芸能公演やパーティなどの招待にときおり欠席するが、行けば行ったで先方は喜んでくれるから、こちらが楽しくなる。「老齢者、認知症の功徳」といえるかもしれない。

作家の佐藤愛子さんはぼくと同年だ。「ああ、長生きするということは、全く面倒くさいことだ。耳だけじゃない。目も悪い。始終、涙が滲み出て目尻目頭のジクジクが止まらない。膝からは時々力が脱けてよろめく。脳ミソも減ってきた。そのうち歯も抜けるだろう。なのに私はまだ生きている」(『九十歳。何がめでたい』小学館・刊)と書いているが、ぼくの実感でもある。

それでも、子どもたちが「認知症になりにくい方法」を教えてくれた。歩くこと、イワシやサバを食べること、必ずヨモギ汁を飲むこと、利き手でない左手で卵を割る、右手でタオルを握りしめて見よ、などという。一応「ハイハイ」と返事しているが、毎日実行出来るはずもないから成り行きまかせで生きている。

人生の旅路を、自分で困難なものにしてはいけない。どんな状態であっても気を楽にして毎日を過ごすことにしよう。

早くゆったり高齢者運転

いま、免許試験場へ「自動車運転免許証」を返納して同型カード「運転経歴証明書」をもらい、バスやモノレール、タクシーなどに頼る老人が多いという。新聞に、返納者による次の会話が出ていた。

「運転経歴証明書を見せると、バス運賃は半額になります。割引するタクシーもあります。返納して良かったと実感できる支援制度がほしいですね」

「自家用の車は車検、ガソリン代、保険、税金などかかりますからね。維持費を考えるとかえって、車を持たないのが経済的です」

それは《よいこと》でありその通りと思う。八十歳以上の老人に割引をする飲食店もある。

高齢者は「まだまだ運転は大丈夫」と自分では思っている。それでも「一時停止」「道路標識」「急ブレーキ」「カーブミラー」「アクセル」などへの操作が鈍っているのは確かである。「気をつければ事故を起こさない」としても、それは主観にすぎないから、家族や社会は「もう歳だのに」と、客観的に警戒する。

しかし沖縄は車社会である。それだけに事故も多い。免許者を少なくすれば車も減る。事故も減る。それならばまず「高齢者」に焦点を当てようというのが警察の方針であろう。だからといって、高齢者の運転をすべて《わるいこと》のように思うのもどうかと思う。地域によっては、また家庭事情によっては、自家用車を使わざるを得ない人もいる。公安委員会の「厳格な免許条件」にかなえば、高齢者はほとんど暴走しない。では認知度をどのように判定するのか。

高齢者の運転対策が厳しく変わったのは二〇一七年三月の「道路交通法改定」からだった。全国的に高齢者の重大事故が多いから、政府は法を改定したという。改定道交法では、七十五歳以上の一定の違反行為者に臨時認知機能検査が加わり、認知症と判定されると医師の診断を受けなければならない。

一般に七十歳から「高齢者」という。しいて「前期高齢者」とか「後期高齢者」などとランク付けする人もいるが、車の運転免許では七十五歳以上には厳しい認知機能検査を受ける義務を負わされている。認知機能検査とは、自分の判断力、記憶力の状態を知るための簡単なテストと言うが、昨年（二〇一七年九月）に受講したぼくの体験からすれば、実に念入りなボケ調査であった。

認知度は、年齢というより人によって差があると思う。「どうして若い人の認知機能検査をせず、年齢区分だけで決めて検査するのですか」と聞いたら、係員が親切に教えてくれた。「七十五歳以上の運転者が信号無視や通行区分違反、一時停止などの違反が多いので」という。

高齢ドライバーと認知症の関係を深刻な問題として、改正道交法は、無事故者に限り三年ごとの更新時に記憶力や判断力などの検査を義務づけている。当然のことながら、若者でも逆走や信号無視などをした場合は道交法違反であるが、年寄りだけが更新前でも臨時検査を受けることになる。

実技と講習の時間は二時間コースで座学、運転適正検査六〇分、実車六〇分。少し認知症度の高い人は三時間コースで座学、運転適性検査一二〇分、実車六〇分となっている。

ブレーキとアクセルを踏み違えて「認知症のおそれ」と判定されたら、さきほど述べたように医師の診断を受け、「認知症と認定診断」となれば免許取り消しなどの対象となる。意地悪な聞き方かもしれないが「七十歳以下の人は認知症にならないのかな」と、小さい声でたずねたら、係員も小さい声で「若い人にもいるようです」とのことだった。

老齢者は、ウィンカーをつけたまま直線を走り続ける、二車線国道の真ん中を走る、赤信号に気づかない、他の車にこするなどが多いという。ただ、事故の数はともかく、若者に比べて「大事故」は少ない方で、かすり事故は老人に多く、事故を起こして逃げ出すのは若者が多い。免許試験で「若年認知症」と判定された人もいるようであるが、それはどのような検査をしているのだろうかと思った。

高齢免許は精神的な「被差別高齢者」にならないための免許である。大阪の有名な精神科医「こころと体のクリニック」専門の和田秀樹院長が、ある週刊誌に「嫌老社会」を次のように書いている。


最近は、高齢者ドライバーの事故を機に、高齢者になったら運転免許を取り上げろ、と簡単にいわれる。都心に住むひとはそれでもいいかもしれないが、田舎では移動手段がなくなって買い物も困難になってしまう。その結果、家にこもりがちになり、2、3年で要介護状態になるという可能性が高まるのだ。

実際、年間ベースで見ると、80歳以上でも99％の人は事故を起こしていない。事故が最も多いのは10代。続いて20代30代。80歳以上は3番目だ。高齢者の事故の絶対数が増えているのは、高齢者人口が増えている以上、当然のこと。ところが若い人の事故についてては触れず、高齢者の事故だけを問題にする

のは、高齢者差別といえる。(原文のまま)

警官の事故調査で、事故の状況を聞くと耳が聞こえないふりをする老人がいるらしい。なかには、ぼくのように「まだ九十余歳、運転をやめたら家庭蟄居、ボケるだけだから運転をやめない」という頑固老人もいる。「住居が辺鄙なところ」も運転理由となっている。

ともあれ、ぼくが数え九十五歳で「運転免許証」を更新するのが珍しいのか、試験官に、じっくりと顔を見つめられた。顔を見合わせて、ぼくはにっこり笑った。試験官も笑った。決して威張るべきではないし、「自信もないのに」と思われながら、意地を張って老齢六回目の免許切り替えである。

免許テストはまず時間の見当識として「当日の年・月・日と曜日・時間」記入から始まる。「二〇一七年九月」と書いたら「平成二十九年に直しなさい」といわれた。次は「手がかり再生検査」である。大砲、オルガン、耳、ラジオ、カブトムシ、ライオン、キノコ、フライパン、物差し、オートバイ、ブドウ、鶏、バラ、ペンチ、ベッド、スカートなど十六種類の絵を示して記憶させ、「このなかに鳥がいます。それはなんですか」と、それぞれの回答を確認し、その絵を伏せたあとで何が描かれていたか記入させるのである。「どうして女性のスカートまであるのだろう」と思いながら記入したが、これは難しい。十二以上わかれば上成績と聞かされたが、ぼくは八しか答えられなかった。

　次はたくさんの数字が書かれた表が出た。指定する一桁数字に斜線を引く。「はい、8を消して、ハイ、3を消して、ハイ、6を消して」などがある。早さの勝負であるから、新聞記者の早書きはなれたもの、ぼくは上成績だった。その次は時間描画。A4ほどの白紙に大きな丸を書かせ、中に点を打って試験官が「ハイ、十一時十五分」と言えば短い針と長い針を速やかに書き入れる。脳の活性化らしいがこれは難しくない。

　ややこしいのは一桁加減算。「8－3＝?」「6＋2＝?」小学生でも解ける問題だが、合計三分三十秒。まだ途中であるのに試験官は「ハイ鉛筆置いて」と命じる。すべて鉛筆書きで、消しゴムは使わせない。一人ひとり、写し絵による検査官の運転技術評価もあって少し緊張する。

あとでいただいた「認知機能検査結果通知書」を見たらぼくは七十二点。四十九点以上は、一応合格点らしいから自分では満足している。検査結果票には「七十五歳以上の中でふつう。安全速度を守り危険を予測した運転を行うよう心がけて下さい」とあった。つねに危険を念頭において運転せよということである。

実技はむずかしい。前進、後退、幅寄せ、信号など、気を遣う。信号指示、停止は褒められたが道路表示40キロとあるのを、安全運転で慎重に30キロで走らせたら「遅いぞ」といわれた。

右折、左折の実技を終えて、免許証の交付は生年月日前後一カ月以内となっている。「高齢者講習修了証明書」と自分の「免許証」と公安委員会から届く「運転免許証更新連絡書」それに「認知機能検査結果通知書」まで持参しての受領手続きである。面倒くさいけれども規則だから仕方ない。豊見城市豊崎の運転免許センターまで受領に行ったら、また眼の検査である。赤い布ひもで仕切り、しかも老若男女を問わない検査だから、老人へのいたわりなどという、甘っちょろいものは存在しない。周囲を見たら若者が神妙な顔で長い列をつくっていた。ぼくも神妙な顔で並んだ。

左右それぞれの眼を当てて「はい、丸はどちらがあいていますか」式の検査で、答えと同時にすぐ終わった。次は「免許証貼り付けの顔写真」撮りがある。笑い顔ではない（笑ってはいけない？）からすこし緊張する。撮り終えて、最後は免許証交付。住所、氏名、生年月日などを確認の上、改めて新しい免許証をいただくが、交付係は実に愛想がいい。ぼくの顔を見て「はいどうぞ」と気持ちよく渡してくれた。年齢を見たのかどうかは知らないが、ぼくもまたにこにこして拝受した。

勧められて毎回「交通安全協会」へ入会金千円也を払っているが、地域の交通安全へ自覚を持たすための組織であるから、参加する人が多いと聞いた。いいことである。

免許証はいただいた。最近は高齢者ドライバーの自動車事故を防ごうと、さまざまなサービスや保険が登場している。専用機器で運転状況を分析して危険を察知、メールなどで家族に知らせるとか、高齢者の運転状況を専用の車載器で分析して「見える化」し、家族などにメールで知らせる見守りサービスも開発されつつあるという。最近の車は運転中でも前後の危険物を察知、ブレーキを踏まなくても自動ストップする。ぼくが持っている、そのAT車も右足だけの操作であるから頼りすぎてはいけない。

さあ、ぼくは枯れ葉マーク、いや四つ葉の紅葉マークを愛車の前とうしろ、横にもつけて、早く・ゆったり・急がず、法規に則って、わが愛車を運転することにしよう。

ツンボは笑いの誘い神

那覇市郊外の、ある居酒屋での会話。かわいい女性が同席してくれるから楽しい集いである。

「どうぞくつろいでカラオケなど、お楽しみくださいませ」

「ヘヘー、はい、はい」

「お酒は十分に用意してあります。どの銘酒がよろしいですか」

「え？　メーシはあとで、お酒から」

「メーシ、お箸のことさ」

どうも話がかみ合わない。言うことがまるでチンプンカンプン。《老人は聾人が多い》大きな声になればなるほど、聞き取りにくくなるのがツンボとツンボの会話であった。沖縄方言では「ミンカー話」という。自分が大きい声を出せば相手の声も大きくなる。ミンカーとミンカーの会話は隣り近所まで聞こえるが、本人たちは気にしない。ツンボは笑いの誘い神だ。

若い子には「このごろ耳が遠くなってね」と、あらかじめ伝えてあるのに、平気で小声を出して話しかけるのがいる。「聞こえない」というのもめんどくさいから、なにかの意見を求めているのに、ただ「ウン、ウン、ウン」と首をタテに振っている。すると相手もツンボの目元を見つめて「ウンウン」とうなずいてくれる。中には「?」と顔を見つめる人もいるが——。

講演会、会議などで、ときどき聞き取りにくくても聞き返すと相手に迷惑がかかってしまうから、聞こえている振りをして座っている。友人との会話は別としても、ラジオ・テレビの音量が大きすぎると、若者から苦情を言われる。苦情があっても音を小さくしようとはしないので、若者たちは文句をつけなくなって別部屋でチャンネルを回している。テレビのドラマはバラエティに富んでいるが、何を言っているのかさっぱりわからない。音量を上げると声は大きく聞こえるのに意味はとれないのでスイッチを切ってしまう。

年とともに耳が遠くなっているから、ぼくは自分でもツンボと思っているが、新聞記事や公的な役所などでは「ツンボの語表現は差別語だから使っていけない」という。放送禁止用語であり、「お前ツンボか」もいけないらしい。「他者の人格を傷つけ蔑むから」が理由である。

では何というのか。「聴覚障害者」「耳の悪い人」などでいいということであるが、ぼくらツンボにとっては、無理な言い回しのようにとれて、かえって差別を感じてしまうことがある。むしろ「あんたツンボですから」と言われた方が親しみやすい。

「馬耳東風」という語がある。単純にいえば、東風は東から吹く暖かい風、馬耳は馬の耳であるから耳をなでる春風のことであるが、他人の意見を聞き入れず、心にも留めようとしないという意味である。新聞で見ると最近の政治家にも、わざと聞かぬ振りの「ツンボ大臣」がいるように思えるがどうだろうか。

ツンボになって考えることだが、意味や解説、類語はともかくとして、都合の悪いことは聞こえず、悪口などはよく聞こえる。それを「ツンボの早耳」と言うらしい。「ツンボ桟敷」の意味は、いろいろの事情を知らされないことが、もともとは芝居のセリフがよく聞こえないことから、その名が付いたという。たしか那覇の芝居小屋「珊瑚座」や「真楽座」にもあったような気がする。入場料が安かったかどうかは忘れた。

数十年前、ツンボを直す神さまがいると言うことで、手登根文化教室のメンバーと久米島真謝の天后宮（媽祖）を訪ねた。この宮は中国の乾隆帝年間（1740年代）に、遭難した冊封使の船を救った礼として福建人たちから久米島へ贈られたもので、ひっそりと建つ宮には本尊の天妃、その右に千里眼、左に順風耳の像があった（現在は消失）。千里眼は千里の先まで見えるので目の悪い人の信仰を集め、順風耳ははるか彼方の音を聞き分けるので耳の悪い人たちが拝むという。

同行した七十歳のおばさんが「ミンカーを直して下さい」と両手を合わせて拝んで

いたが、果たしてツンボがよくなったかどうかはわからない。媽祖さまも、まさに笑いの誘い神だった。

ぼくはなぜか、聞こえのよくない人たちと気が合う。なぜかというより「同僚の感」がするからであろう。語り合うとほっとする。お互いに単純で率直な同類感が生まれるので、政治論や文化論で声が大きくても気にならない。ツンボ同士で言いたいことが共通するのも心地よい。

「あの大臣が日本を衰亡させている」

「沖縄集団自決の真実とその謎、あの論文どう思うか」

「今度の選挙はだれが強いか」

ホテルのロビーでの話し合いだが、端で誰か聞いている人がいても声は小さくならない。かと思うと話は一転して辺野古へ飛ぶ。

「控え席で耳の話をする人が三人いた」

「あ、あの人たちは高江の爆音で耳が悪くなったらしい」

高齢社会のせいか、「耳」についていろいろな催しがある。春三月に耳の悪い人たちが多いはずもないのに、誰が言い出したか「三月三日」は耳の日という。女の子の節句と同日にしたのは「子どものように聞こえがよくなる」という意味か、あるいは単なる「3・3」の語呂合わせに過ぎないのかよくわからないが、三月三日は「百歳越しても補聴器不要」とか「九十歳・耳は四十五歳」などの看板が見える。講演や難聴の予防、福祉についての話題にも事欠かない。専門の耳鼻咽喉科での聴力検査だけでなく、自治会・老人福祉センターでの簡易検査も行われている。ぼくも何度か参加した。

ジージー、ミーンミーンと鳴り続ける耳鳴りは気持ちのいいものではない。耳たれ、耳痛み、耳痒み、外聴の炎症、耳鳴り、中耳炎――。痛みから痒み、さほどひどくはなくても、話を聴くほどに当てはまることが多いので、ぼくはとうとう耳鼻咽喉科へ通うことに相成った。病気はすべて早期治療に限る。

検査は細かく丁寧である。月一度、三年間通い続けたが、高い音、低い音、大きい音に小さい音、雑音の中での聞き分けなどさまざまな検査があり、耳の血管の動脈硬化による血流障害の電波検査など、座ったり寝たりして時間を掛けての検査が続く。聴覚細胞の機能障害が生じると音が聞こえにくくなり、人のコトバの理解力も悪くなって会話が成り立たなくなるという話であった。

医師の診断で、ぼくは「六五パーセントから七〇パーセントの聞こえ、右は左より聞こえがよい。低い音より高い音が聞きづらい」とのことであった。自分では意識しないのに、さすが現代医療と感心した。そういえば若い女性たちの会話など、耳をそばだててもよくわからない（わからなくてもよいが）。

一五パーセントの聞き辛さを補うため、ぼくは「補聴器」を求めて、「難聴福祉を考える会」に通うことにした。

医師の検査のあと、耳にひっかけて聴く補聴器を渡された。それがまた念入りの説明と聞き取り検査であった。

「はい、聞こえますか。会話できますか」

検査員の声が大きく小さく耳に入る。どうしたことか、よく聞こえる。小さい声も聞き取れる。耳の検査員だから声がきれいし、発音もしっかりしているので当然かも知れないが、とたんに自分の聞こえがよくなっている。補聴器を掛けて外に出たら、話し声より道路を通る車の音がよく聞こえた。

家に帰り、会合などにも参加して試してみたのに、いずれも検査時より音が小さいように聞こえた。補聴器はメーカーによって機能が異なるらしい。その人の耳に合う機器を探すには異なる補聴器を取り替えひきかえ、テストを繰り返す必要があると言うことで、五種類の補聴器を体験して、やっとひとつを手にすることとなった。

補聴器でカバーできるといっても、音は大きくするが音のゆがみは改善できないという。なるほど、肝心の会話がよその雑音とほぼ同じように聞こえて「音の選択」ができないことが多い。聞かなくてもよい音は大きく聞こえ、聞きたい音は聞き取りにくい。要するに、七五パーセントのツンボが八五パーセントほどの聞こえになればよいと言うことかも知れない。

つまり、適合した補聴器によってツンボが元気になり、閉じこもりや寝たきり、認知症になることを少なくするとの医学的効果であろう。加齢を誰も防ぐことはできないから「そうか、そうか」ということで、自ら笑う以外にない。「強がり」であってもいいではないか。これから何があってもめげずに生きていく覚悟と勇気をもつことにしよう。それが悔いを残さず、長く生きてきた人生の歩みといえるかも知れない。補聴器に助けを求めながら。

2　政治と社会

政治と社会はつねに交錯する。交錯しながら陰と陽、裏と表を創り出す。ソテツと松に射すかすかな光も陰と陽を投げかけていた。

暇な老人でも「ご多忙中」

新聞社での仕事四十年。記者時代から論説、文化事業、そして会社の経営まで、とにかく忙しかった。退職後七十代は大学の非常勤講師やら文化協会設立と事業推進、史跡巡りなど、少しだけ忙しかった。しかし九十歳もすぎると暇を持て余している。

現役時代ほどではないが、暇な老齢でも自宅の郵便受けに何枚かの便りが投げ込まれている。文化的な催し、芸能公演などへの案内があるとうれしくなる。暇だから案内書に何度も目を通すことになるが、おもしろいところに気がつく。まず書き出しはなんとしても

「ますますご清祥のこととお喜び申しあげます」

「ご多忙の折とは存じますが」

「お忙しい日々をお過ごしのことと存じ上げますが」

「公私ともご多忙の時節柄ですが」

などとなっていて、とくに政治家や商品売り込みに多く、時節に関係なく言葉そのものが同文同種の案内文枕詞になっている。個人的な手紙の「お忙しいでしょうが、お会いしたい」などとあれば、それらはすべて「親愛の情」と思っているから「いいえ、至って暇です」「杖に頼っています」「疲れているから会いたくない」などと反論しては失礼になるので、できる限り喜んで拝受、会うことにしている。

そもそも「忙しい」という言葉に込められている意味は、「急がずにいられない」「落ち着かない」ことである。ひたすら「健康」で活躍していることを意味するから、弱い人、病床にいる人への案内はどのように書くのだろうかと、つい要らぬことを考えてしまうのも、年のせいだろうか。

「忙しいことはいいことだ」と思っているが、せかせか忙しそうに落ち着かない人を見ると、ひょっとしたらこの人「貧乏性」ではないかと考えてしまう。ふところ具合も貧しいから忙しげに動いているかもしれない。「忙」は心を亡くすると書くが、心だけは亡くしていけないと思う。「恍（うっとり）」として、美しいものの光に心を惹かされて生きるのもいいのではないか。

　もうあくせくしなくてもいい老後のことだから、あまり騒々しい会合には出ず、ときに親しい友人とぶらりぶらり語り合ったり、天下国家を論じてみたり、時にはなじみのカフェーで一杯傾けたりするのがいいと思う。しかし、誘いが少ないと寂しくなる。杖に頼ってもいいから、時には足を延ばして久米島、伊平屋、与論あたりを回ったり、地域の歴史散歩を試みたりするのがぼくの理想である。ただ、理想通りにいかないのが、老境の現実というものか。

　時たま、友人たち同士でささやかな酒場で飲んでいると、隣席の親しい知り合いから「元気ですか」とご挨拶を受ける。「いや、あまり元気ないです」と答えてしまう。すると相手は「ヒヒヒィー」と笑ってくれる。無理に「はい、おかげさまで元気です」と形式張って言うより、むしろ親しみが湧くと思っている。

月に二、三度の友人たちとの語り合い、三線仲間とカラオケへ。いい気になって歌っていたら、友人から「みんな昔の歌ばかり」とからかわれたりする。歌よりも「カジマヤー老人」の《風車》をもって踊るのがいいかもしれない。

この年まで生きてきたのだから、いつまでもそんな遊びをする必要はないという人もいる。昔の士族タンメー（爺）のように、自宅の床の間に座りきり、火鉢を前にして左うちわ、泰然自若と構えてひとつふたつの咳払い、夕日を受けて悠々と庭の散歩。閑居の日々を自分の好きに楽しむ。このようなゆったりと時間をすごす老爺の図は、きっと「隠居」という絵になるだろう。しかしその図は、庶民のぼくに似合わない。

だからといって「老爺」といわれることに抵抗があったり、「老い」を避けたいとは思わない。むしろ年をとることが、いかにも理想像みたいに考えたりする。年をとることへのあこがれより「今日は何をしようか」ということである。遊びよし、三線弾くのもよし、「舞と武」のけいこ、パソコンに向かうのもよし、ときに病院で診察を受ける——のもよし。数えて九十六歳という、いまある年齢、いまある自分を素直に受け入れたいと考えている。自分なりに生きているので「年齢の差とは何だろうか」と考えたこともあるから気ままである。

近くに、ごく親しく診てもらっているクリニックがある。病院によっては寄りがたいお医者さんもいるが、この医師はたんに健康状況診察だけでなく、急患でもいない限り、病気とは直接関係のない瞬時の話で病の気を飛ばしてくれる。

「はい、綱引き見ましたか、人生は思い出すことが大事です」
「綱引きの、あの支度は武者姿でしたね」
「綱引きもいいし、あのＦＭ放送、ささやかながら地域文化に貢献していますよ」

など、文化活動の話も飛び出す。

検診、血圧測定のあとの、聴診器を当てながらの会話である。その間わずか数分、この医師の声が大きく、元気よく気前がいいので、診てもらっている気の弱い年寄りもとたんに明るくなる。そのあたり、患者の気心を察知するからさすがに名医だ。年をとれば医師の対応ひとつで体調が良くも悪くもなることが多い。患者の心理をよく知る名医曰く、「病気、病は気からです」。

「あかばんた」歌碑が建つ

屏風のような連山に添って、右寄り東に、ひときわ美しい稜線をみせているところが南部手登根アカバンタである。ここは「福建石」(フッチャー石)と手登根大比屋にまつわる伝説のほか、多くの言い伝えが残されているところ、また、世界遺産セーファ御嶽を拝するための参道ユックイの坂の頂上にもなっているので、昔から多くの人にとってなじみ深い土地柄である。

いつのころからか、ムラの若者たちはこの人里離れた高台アカバンタで「野遊び(モーアシビ)」をするようになった。はるか勝連半島を望み、中城湾の波が夜空に白く光る。眼下に広がるムラ里の、かすかな灯りもロマンを呼び起こす。昼間の激しい畑仕事や漁業から解放された若い男女が、手巾を肩にひっかけ、あるいはふところに忍ばせて集まり、三線をかき鳴らし、歌い、踊り、手拍子をとる「野遊び」は、野に咲く色とりどりの草花のようなものであった。

ときに若者のこころ、野遊びのこころを知らぬ無粋な村役人に「風紀上好ましくない」などと追い散らされることもあったが、若者たちは場所を転々と変えて遊んだ。それは素朴で隠された若き男女の「民俗の遊び文化」であったと言ってよい。

時代を経て戦後七十余年、アカバンタは人が足を踏み入れることもできないほどに荒れ果ててしまった。往時の野遊びの頭（かしら）だった人たちも年を取り、よき老人、よき老女となった。「野遊び」にまつわる話もいまはただ追憶の彼方に没しようとしている。しかしアカバンタは、そのような時代にもめげず、なお佐敷手登根の「腰当杜」として歴史と文化を呼び戻すべく時の流れ、営みを静かに見つめているのである。

あかばんた坂（ひら）や手登根の腰当

花も咲き美らしゃ島も清らしゃ

◇　◇　◇

むかし名に立ちゅる　野（モー）遊びのハンタ
佐敷手登根の　アカバンタやしが
　云語れやあても　今の世になれば
　　恋の枯れ草に　歌声だけ残て

三線小の絃に　恋の歌かけて
肩抱ちゃいと思て　思い寄ゆる二才小
　うり（それ）振たるあば小　今の世になれば
　　恋の枯れ草に　歌声だけ残て

マガイ小の遊び　アカバンタ遊び

手さじ小や肩に　ひっかけてからに
　ちゃねることなたが　今の世になれば
　　恋の枯れ草に　歌声だけ残て

アカバンタ坂も　マガイ小の原も
　野遊びの華や　松も枯れ果てて
　　見る方や無さめ　今の世になれば
　　　恋の枯れ草に　歌声だけ残て

ぼくのこの歌が奇しくもラジオ沖縄の第一回「新唄大賞」（一九九〇年）に選ばれた。松田弘一さん作曲と上原正吉さんの美声が幸いした。

　思わぬ入賞に、大勢の歌い手が集まって祝杯をあげたのがうれしかった。三十数曲の応募があり、第一次選考の中から民謡大会へ向けて十曲を選定、さらに大賞へ競った結果、「あかばんた」が「新唄大賞」に決まったのである。

しかし作詞の意図は至って単純である。実はその前年、民謡酒場で酒を酌み交わしながら、親しい上原正吉さんが

「新しい民謡が欲しいので、歌詞をつくってもらえないかな。ときめく恋歌、素朴の歌がよい」

という。そこで、ぼくに妙な詩心がついた。「あかばんた」という題をつけて書いてみた。

「あかばんた」の歌はどこかで、あるいはラジオで歌い継がれていたが、あれから三十年近くを経て、二〇一七年十一月十一日壬寅の日、アカバンタに「あかばんた」の歌碑（先の歌・4番省略）が出来たのである。それには手登根の有志、とくに歌碑の発案者で、建立に力を尽くした元区長の屋比久昌明さん、それを支えた区長の嘉数勝實さんらの努力が大きかった。

アカバンタの崖端に建立した歌碑は手登根ムラを守護するように東へ向き、高さ一

メートル七五センチ、横二メートル七二センチのヤンバル石に上記の歌が刻まれている。石の形が上野動物園の可愛いいジャイアント・パンダの姿によく似ている。パンダ石は左横向きに座り、目と口が横を向いた形になって見えるのがいい。歌碑の愛称を「パンダ石」ということにしよう。

歌碑建立によって、雑木に覆われていたアカバンタが整地され、広場になった左手にはセメント造りの野外劇場も出来た。序幕式でぼくは「野遊びは素朴な民俗です。野遊びが語り継がれるだけでなく、場所の活用も考えたい」と抱負を述べた。そして師走二十三日の夕刻にはイルミネーションが輝いた。二〇一八年の戌年を寿ぐように子どもたちのたこ揚げもあった。アカバンタが「パンダ石」とともに南部地域のいい名所になれば、こんな嬉しいことはない。

数々あれど「年寄りの日」

九月十八日は「敬老の日」である。いまは全国的な催しとなっているが、一九四七年の九月、兵庫県のあるムラで、十五日に年寄りを集めて催しをもったのが「年寄りの日」の始まりという。聖徳太子が老人をいたわるため四天王寺に悲田院を建立したのが五九三年九月十五日であったとの説もあるが、歴史的なつながりはよくわからない。

九月ごろはちょうど農閑期であり、気候もよいころなので、政府は兵庫県からヒントを得て翌四八年に「国民の祝日に関する法律」をつくり老人たちの生き方に目を向けた。九月十五日から二十一日までを「敬老週間」といい、各地でさまざまなイベントがある。

それにしても敬老の日の「敬」はどのような意味を含んでいるのだろうか。年寄りを「敬」してくれるのはありがたいが「こどもの日」とか「成人の日」などは自覚を促す意味があるのに、老人には自覚を促さず、「皆で敬え」と「敬」をつけたのか。時代の流れとも関連するのか、「年寄りの日」から「老人の日」へ、さらに「敬老の日」へと表現が何度も変わった。ただ年をとっただけで敬ってくれるならそんなありがたいことはない。老友は「嫌老の日」でなくてよかったと、喜んでいた。

もちろん、老人の日は日本だけではない。中国、台湾では九月九日（旧暦）の重陽の節句に、長寿を願って神酒に菊の花を浮かべ、祖先に祈る行事がある。それが沖縄にも伝わって、ぼくの家では父が菊酒を仏壇に供えていた。中国は現在も「高齢者の日」（老人節）と定めている。韓国は十月二日が「老人の日」で、アメリカは九月の第一月曜日と次の月曜日を「祖父母の日」としている。

国際連合は一九九〇年十二月に、高齢者の権利や高齢者虐待撤廃などの意識向上を目的として毎年十月一日を「国際高齢者デー」とすることを採択、運用している。

日本の「敬老の日」は地域ごとの行事が多い。それは「こどもの日」とか「成人の日」などには見られない趣がある。老人には自覚を促さず、むしろ「祝ってあげる」ための催しだから、「老人会」のような、自らを主体とした会合での芸や話などはあまりなくて、老人でない人たちが主役となり「敬い」を込めた芸やエピソードで会場を盛り上げる。年寄りたちはそれに拍手を送るだけでよい。

老人会で友人が「昔は年寄り孝行、親孝行が美徳であった。いまは少子高齢化、家庭内での孝行色が薄れたから、集団の孝行になったのではないかな」とひっそり笑っていたが、その説、当たらずとも遠からずの感がする。儒教的な「親孝行」「親不孝」の文字が見えにくくなって「戦後は年寄りを敬らなくなった」ともいわれる。たしかに戦前は「修身」という教科書があり、親孝行物語の話が尽きることはなかった。

教育思想のひとつだったと思うが、ぼくらの小学生時代「養老の滝」という物語を教わった。昔々、年寄りの父親に大好きな酒を飲ませてあげられない貧乏な若者がいた。祈りを込めて滝の水をくみ上げたら清水が酒に変わったという話である。その話を元にしたのが「養老の滝」で、親孝行の見本とされた。孝行の話は最近余り聞かないとしても岐阜県南西部にある菊水泉が本場といい、現在では養老公園として滝をはじめ子どもも大人も、そして年寄りたちまで楽しめる公園になっている。

〝捨てられても老人は宝〟とも教えられた。大昔は貧困社会で、食糧節減のため老人を山に捨てたり閉じ込めたりすることもあったと伝わるが、捨てた老人の知恵で畑の手入れがうまくいったなどの話につながる。

深沢七郎の『楢山節考』で知られる老人排除「姨捨山」は信州の貧しい時代の物語である。母を早く亡くした男が、親代わりに育ててくれた老いた伯母を、山に捨てた物語である。

沖縄には「六十歳余ればアムトゥヌシチャ（畑の畦の下）」という伝説芝居があった。年寄りは働けないから無用な者、したがって畑の畦小屋に捨てた。そのころ薩摩藩から「灰の縄もってこい」という無理難題が琉球に届く。王府が困り果てていたら、畦下の老人が教えてくれた。「わら縄を灰にして崩さず、それを持って行け」と。一大事なことが老人の知恵で難題解決したという物語である。

いずれの場合も老人を粗末にするなとの教えであり、ねぎらい、長寿を祝い、さらなる健康を願うものであるが、口先だけの「敬老」を強調したり、「長生きするには楽をせよ」などと、ありきたりの説教をするような口ぶりは、ぼくら老人として聞き飽きる。「敬老」はありがたいが、ありきたりの「敬老語」はさて置いて、あくまでおだやかに、さりげなくやさしく同列に立って語り合える集いを望みたい。

では敬老会はどのような催しなのか。一例ではあるが、ここは沖縄県南部の方に、ささやかなムラをつくっている佐敷手登根の集落である。キビ作りや野菜栽培の人がほとんどであるから人柄も素朴である。手登根の人口は七百四十五人、七十歳以上の老人が百四十六人（二〇一七年）というが、集まったのは七十人ほどで、やはり席の列に空席があった。体調その他、個人的事情があったのだろう。しかし米寿、つまり八十八歳のトーカチが七人いたということは長寿社会の象徴であろう。体調の加減で、そのうち三人しか出席しなかったが、いい記念品が嘉数勝實区長から贈られてにこにこしていた。

例によって例の如し、来賓祝辞は議員さんだった。一人の女性議員は「まだまだ若い。わたしも六十代、みな同級生、健康長寿」と笑みを浮かべた。男性議員は「皆さんから元気をもらった。経験と知識を下さい」と、手を上げた。「乾杯」を引き受けた人の話が長い。長すぎた。意味もわからないのにみんな拍手した。まだ若い?老人クラブ会長は謝辞で「話は短く、二分で終わります」と言って五分話した。長話する人たちへの皮肉だったのだろうか。

余興は出任せの「カラオケ」、三線斉唱、舞踊、民謡とさまざま。ありきたりの組み合わせであったが、老人たちはにぎやかな半日を過ごしたのである。重い弁当をお土産にして散会したのに、閉会は「中締め」という。まだ日暮れに遠いから、飲みたい老人たちへの思いやりらしい。

さて、家に帰って何気なく新年のカレンダーをめくっていたら、祝日から祭日の多いことに気がついた。元旦に始まり十二月二十三日の「天皇誕生日」まで、いくつもの祝祭日が法律で決まっている。その法律第一条に「自由と平和を求めてやまない日本国民は、美しい風習を育てつつ、よりよき社会、より豊かな生活を築きあげるために、ここに国民こぞって祝い、感謝し、又は記念するためこれを『国民の祝日』と名付ける」とある。一九四八年に出来た法律であるから、美しい風習が育ったかどうかは少し疑わしいが、自由と平和を求める気持ちだけは変えたくない。

ともあれ、「成人の日」（一月八日）、「こどもの日」（五月五日）など、年齢区分に祝日を決めた目的を考えてみたい。

かつては一月十五日だった「成人の日」はハッピーマンデー制度によって、一月の第二月曜日が当てられた。それは連休にしたいとの意図から出た発想である。「こどもの日」は「子どもの幸福をはかるとともに、母に感謝する」とあるが、父には感謝しないのだろうか。「母の日」は五月の第二日曜日で、その起源は世界さまざまらしい。「母の日があって父の日がないのは不公平」と、世のお父さん方から異論が出た。しかたなく？　六月の第三日曜日を「父の日」として、それには「家族のために一生懸命働いているから」との名目をつけたので「働かない父親」は該当しないかも知れない。誰かが「年中、毎日が父の日ではないの?」と皮肉っていたが、最近は女性、つまり母親の力に押さえられる父親たちも少なくないと聞かされた。昔は「女は弱し、されど母は強し」であったのに、今は「女は強し、母も強し」の時代である。

そのほか、だれかがどこかで自由気ままに「〜の日」とつけたのも珍しくない。例えば、なぜか「一月十日」は「110番の日」という。なぜ、新年早々で警察庁が緊急通報の電話番号と決めたのだろう。歴史的文化的意味より、単なる語呂合わせで二〇〇六年に「しまくとぅばの日」(九月十八日)としたり、お節句三月三日を「耳の日」にしたり、泡盛製造最盛期に入る十一月一日は、いい月、いい日にかけて「泡盛の日」とし、ゆかる日まさる日を「さんしんの日」(三月四日)とか、二〇一七年十月二十五日に表記決定した「空手の日」や、二〇一七年制定の「世界のウチナーンチュの日」など、至って幅広く「〜の日」が決められている。日本記念日協会によると、公式に認められたものだけでも一八〇種以上ある。「〜の日」によって日々の生活に潤いが生まれ、歴史が刻まれ、文化と産業が盛んになり、社会的な情報が多くの人に届くのが狙いである。しかし暦も忙しいのか「〜の日」を記入しない暦もたくさんある。ぼくら老人は忙しくないが覚えるのにひと苦労する。

「悠々」と笑いのつどい

南城市の佐敷手登根に、老人たちの集い「ゆうゆう会」というのがある。みんな、自由にしゃべって自由に笑っている。手登根は、アカバンタから上る太陽の顔出しが遅く、はるか西の山々の彼方に日は早く沈む。したがってムラの人たちの気質ものんびり「ゆうゆうとしている」から、いつのまにか「悠々とぅ手登根」の名をつけられた。

ゆうゆう会は七十五歳以上の老人たちが三十人ほど、ミニ・デイサービスを兼ねての集会で、毎月の第二、第四の木曜日、白髪老人たちがムラヤー（字公民館）で、朝から午後三時ごろまで、血圧測定のほか、適当に歌やユンタク（おしゃべり）をし、あるいはペタボードという遊びを楽しんでいるが、どうしたことか男性は二人で、他はすべて女性である。集まった老女たちの古い昔ばなしは絶えることがない。

「貝殻を拾って、指のイットゥカヨーで遊んだね」

「アダンの葉帽子、つくったがペケだった」

「腰が痛くて病院にいったら、みんな年寄り」

とりとめのない笑い話で時間が過ぎてゆく。カラオケの歌は「上海ブルース」「妻恋道中」「人生の並木道」などのむかし歌謡がほとんどである。「愛の雨傘」「汗水節」「谷茶前」などの郷土民謡もリクエストするが、たまに新しい歌謡曲・宇多田ヒカルの「花束を君に」とか、映画「コクリコ坂から」などを歌うとひやかされる。老人であることを切り捨てるように「会いたさ見たさに怖さを忘れ」「十九の春」とか「十代の恋よさようなら」を毎回歌う人がいる。

聞くところによると、この集まりは南城市役所の「生きがい推進課」というところが担当しているという。地域の区長などの協力を得て、老人たちの健康を考えてのシステムらしい。南城市には七十一のムラ（字）があり、うち六十五カ所がこのようなミニ・デイサービスを受けていると聞いた。要するに、介護、ひとり暮らしを含めて老人の健康状態をサポートし、寝たきり老人、認知症老人、引きこもり老人を少なくして福祉向上を図るのが目的となっている。

この集まりはお役所の「ミニ介護」のひとつであるから、血圧検査、体温、脈拍などの測定があったり「耳聞こえますか」と聞かれたりする。午前は看護師が健康状況をしらべ、午後はゲーム指導のベテランがきて、大声で遊ばせてくれるが、少し型にはまりすぎている感じを受ける。

いつだったたか、南城市の地域包括センターから「老人の生きがい」という、こむずかしい調査のために若い調査員が二人来た。介護、一人暮らし、体調などの調べはとにかく、身に覚えのない大昔の川の氾濫、山崩れ、ムラの歴史まで聞かれてみんなドギマギ、二人の調査員もドギマギしていた。十分な調査ができたかどうか、少し気になったが忙しそうに立ち去った。

ミニといってもデイサービスの「老人の生きがい」はおしゃべりと歌うことと病院

の話ばかりである。したがって何の調査だったのか、老人たちにはわかりにくい。かみ合わない。この日は老人たちも「暇だが忙しい一日」であった。どこにもありそうな、まさにありふれた話であっても「どうすればいいの、わたし年をとってしまったさアハハハハ」で結構、会合は終わってしまう。

ただ聞くだけでなく見るだけでなく、歌い、語りつつ、今まで積み重ねてきた体験を元に、知恵と工夫を生かして自らの芸と歌も披露してみたいと、つい心の中で思ってしまう元気な老人たちの集いだから、ときにムラ遊びなどで老人芸があるのも、そのひとつであろう。検査を受けながらも老人同士が肩の力を抜いて笑い、自分たちだけの芸や歌いで集い語りあい、自然に老いていく。自らを楽しむには、結局はそれしかないのではないか。

介護のデイサービスとは

　ではその意図を汲んで、もっと施設が整った「老人を楽しませる」介護施設の本式デイサービスの方法と効果はどのようなものであろうか。どんなサービスを受けているのだろうか。次は、ぼくの一日体験記である。

　まず「サービス担当者会議」というのがある。ケアマネジャーと担当者、それに介護を受ける本人と家族が居宅の状況と介護の内容について協議し、署名して計画書通りのサービスを受けることになる。「介護保険資格者証」には要介護状態区分、介護保険施設、サービスの種類など、生年月日、氏名のほかに九項目の調査があるが、訪問調査も「在宅での過ごし方」を厳しくチェックする。

　十二指腸潰瘍、食道炎、骨粗鬆症、椎間板ヘルニア、そして多様性の認知症。足が重くときどき痺れる。弱い老人たちは歩くのも不安定で、転んで下肢を骨折するのもめずらしくない。物忘れがひどい。転倒をくり返す可能性も高い。主治医の意見書には「骨粗鬆や圧迫骨折あり、転倒に注意。物忘れあり見守り必要」とある。

そのようなことで外出するのが嫌になったし、人との交流も少なくなった。どうしようかと悩んだ結果が、ケアマネジメント、つまり「ふれ合い・介護」支援センター行きである。介護には「五段階」あるという。「介護1」は、なんとか身の回りはできても手助けが必要。物忘れも多い。「介護2」は、身の回り、歩行に支えが必要。物忘れがひどくなる。同じ話をくり返す。「介護3」は、立ち上がりができず歩行や移動も人手に頼る。幻想もある。「介護4」は、車いすやベッドで過ごすのが多い人。「介護5」は、ほぼ寝たきり状態で終日介護を受ける人である。その中の「居宅指定通所1、2介護」の過ごし方は、だいたい次のような流れに従っている。

1　出迎えの楽しさ

朝九時前後に迎え車が玄関横にくる。合図の音とともににこにこした優しい女性の呼び声が聞こえた。玄関の戸が開いた。

「はーい、転ばぬように、杖は大丈夫ですか。あら、靴の右と左が逆ですよ、はい、はい」

十五人乗りの車に十一人が乗った。全員がシートベルトを締め、介護士が名前を確認して体温測定、お互いの会話が始まる。

「食事はおいしい、仕事は難儀」「あの人は弱っているね」「耳は遠くなって病気は耳の近くにある」など、話は絶えない。

やがて九時三八分介護支援センター到着、男女合わせて五人から八人のテーブルに案内された。「無償の愛」「目指そう健康長寿１００歳」の張り紙がある。だいたい地域ごとに分けているとのことで、数えたら六テーブルあった。四十人から四十五人の設定といい、みんな杖と一体、車いすの人も何名かいる。丸い湯飲みのふたに名前が書いてあって、ふと正面を見上げたら「健康長寿大学」の文字が目に付いた。なるほど、利用者には入学証書があり「あなたは、健康長寿大学へ入学することを認めます。本大学にて『健康長寿１００歳』を目指し、明るく楽しい学校生活を送れるよう、職員一同応援します・学長」と印刷した証書が以前に手渡されていた。みんな百歳目当ての老大学生、楽しい出迎えである。

2　手の運動、足の運動

司会が前に立って「はい、今日は三十八名の方です。運動しましょう」で体操がはじまった。正面のテレビを見ながら座ったままの運動である。「はい、手を上に上げて回して１２３４５６、」「はい、エーで舌を前に出してアイウエー」発音機能の鍛錬らしいが、口のあけ方がむずかしい。あごの運動にもなる。

次は別の場で、別の機能訓練。左右の棒を支えにして歩く、ヒモをつかんで上下の運動、足の上げ下げ、肩旋回機で肩関節の緊縮予防と肩骨まわりのストレッチと前腕と上腕の強化など、器具をうまく使い分けての指導がある。両足を巻いて電気マッサージ、昼食前の深呼吸三回とつながって忙しい。

途中で体調が良くない女性がいて、介護三人がかりの世話により回復させるなど手回しがよい。首の運動が続く。アイウエオ順で音をどれほど伸ばせるかのためしである。せいぜい七秒から十秒、中には息が長く十八秒がいて、聞いてみたら「古典音楽をしている」とのことである。さて、楽しい「お食事」が待っていた。十二時二十五分。

食事も名前を呼んで配膳する。メニューには「飯と焼き魚の野菜あんかけ、もやしのカレー炒め、フルーツ（白桃）、みそ汁」と書いてある。黒盆に乗っておいしそうな昼食が配られた。アレルギー反応の数人を除けば、皆同じ食事という。

「きょうのフルーツはおいしい」「家では食べたことないね」

ほとんどの人が食欲旺盛、残す人は少なかったし、食器を自分で片づける人も何人かいた。

あとは午後二時まで自由時間。寝る人、おしゃべりする人、お風呂に入る人、なにもしない人さまざまで、園内最高齢者・女性のＣＹ（百四歳、二〇一八年三月八日死亡）さんは車いすに乗って知り合いを廻り、しきりに握手を求めていた。表情がいい。「伊野波節の琴曲は調子が難しい」「段のもの、五段の調子」など、音楽の話になるときりがない。この方は琉球箏曲の師範で門弟も多く、十年ほど前までは琴を持ち込んで琉球古典音楽の演奏をやっていた元気者である。それだけに、七十代まで地域のボランティア活動も多かったが、園内の民謡曲などを見たり聞いたりすると、口を動かせて謡う仕草をする。惜しくも亡くなったが、根っからの芸能人であった。

部屋番号と四人か五人の名前が貼ってある「生活コーナー」の部屋は少し奥にあって、ここは泊まり込み老人たちの居室・寝室である。そこに、男性最高齢のＳＹ（百二歳）さんがいる。元区長であり、地域行政に貢献した人として文化活動の足跡も残っている。介護案内の人に付き添われての車椅子であるが、顔は若々しい。話しかけたらハイイハイハイ、とうなずきながらうっすらと笑った。周囲を気にしないで、ゆったり坐っている。

（註・お二人の「氏名」を銘記して長寿を祝したかったが、園名や個人名はいけないとのことで「匿名」にした）

3　民謡三線・カラオケに惹かれて

午後二時半、三線の音が園内に広がった。毎週一度の民謡ボランティアは首里出身の元職員で、歌の上手なNさん（六八歳）である。「二十余年も園に勤めていたから園内の雰囲気は心得ている」という。愛想がいい。

始まる前に、民謡四十曲の演目と歌詞のプリントが各テーブルの上に置かれていて、その中から希望する歌題を言えば歌ってくれるようになっている。台帳には「二見情話」「肝がなさ節」「安里屋ユンタ」「島の女」「島めぐり」「しんかぬ達」「軍人節」「芋の時代」「帽子くまー」「海ぬチンボーラー」「伊佐へイヨー」「いちゅび小節」「繁盛節」「ちんぬくじゅうしぃ」「ボケない小唄」など、四十曲が二列に記されている。

三線に合わせての大太鼓小太鼓、一人一曲希望と言い、まっ先に手が上がったのは「老人クラブの唄」であった。

〝七十坂（ひら）ん　ヒヤミカチ登て
何時ん若々とぅ百歳までぃん〟（6番）

多くの人が手をたたいて拍子をとった。何としても自分たちの願いがこもる唄であるから、声を合わせて歌う人もいて、なかなか楽しい盛り上がりである。

次々に手が上がる。「想偲び」「十九の春」「ラッパ節」「かぬしゃまよー」「いちゅび小節」「月夜の恋」「遊び庭」「姫百合の唄」そして最後は十曲目「めでたい節」だった。

「笑い福い節」に手は上がらなかったが、となりの女性が「手あげるのが遅かった」

と悔やんでいた。

〝八十八ぬトウカチん　九十七ぬカジマヤーん
花ぬカジマヤみぐらしゃい
百歳願とてぃぬ笑い福い〟

この歌はみんなの願いであったに違いない。「まだまだ時間が欲しい」との雰囲気であった。各テーブルを見たら、会が終わってもしきりに唱和する人がいた。手を上げて踊ろうとする人もいた。特技を持っている人たちからの声「もっと私たちにも歌を歌わせて、私たちにも踊らせて、私たちにもしゃべらせて」の声が出るほど、雰囲気が盛り上がるひとときであった。

そう言えば、デイサービスを受けながら、いつも分厚いノートを広げて、熱心にメモをとる女性（八七歳）がいる。鉛筆の動きが速い。「そのときどきの感想、歌、感動するコトバなど、思うままに書いていています」とのことで、性格が明るい。歌も上手で、大正時代から戦前にかけて流行った「桜井の別れ」「愛馬進軍歌」なども全部覚えていて、園主催の誕生会では人気者である。皇民化時代の「教育勅語」も暗唱しているから話題が絶えない。若いころは心優しい文学少女であったらしい。

4　算数、漢字を思い起こせ

顔見知りの知人友人らと席を共にすることで、お互いの健康状況が話し合えるし、雑談交流が増えて心身の活性化につなげる。介護担当者は、体調を見ながらふらつきなどがある場合は歩行時の付き添い又は見守りをする。集団のラジオ体操、口腔体操、いきいき体操、ストレッチなどにも楽しく参加する。ぬり絵や読書、書き物などのアクティブ、つまり自ら進んで行動することによって物忘れの進行を防ぐことなどが、介護の留意点となっている。

そのひとつと思うが、簡単な「学力テスト」があった。

1、タス算ヒキ算。一桁から二桁まで、数字を各所に開けて記入させる。

2、計算テストでは「ゴーヤー種が8コ、植木鉢が12コあります。種を植木鉢に1コずつまくと植木鉢はなんコありますでしょう」（図示して答えを求める）。「15キロマラソンを走っています。今9キロまで来ました。あとなんキロ走ればよいでしょう」など。

3、一桁かけ算、二桁かけ算。「3×6＝」「8×7＝」など。

4、「夕焼け小焼け」の1番、2番の歌詞（句）をあっちこっち抜いて記入させる。

5、短い文中□に漢字を入れる。ぎゅうにゅう（牛乳）、ばしゃ（馬車）、はくちょう（白鳥）、はね（羽）、きんぎょ（金魚）、せいしゅん（青春）、なつ（夏）、かい（貝）、はなび（花火）など。家族のかかわりでちち（父）、はは（母）、あに（兄）、あね（姉）、ぼく（僕）、おとうと（弟）、いもうと（妹）の漢字入れもある。これはむずかしい。

6、面白いのは、国内四十七都道府県名への読み仮名付け、有名な国内都市

（三十八）の読み仮名であろう。日本地理の勉強を思い起こさせる出題である。それらの問題を毎回書き込ませて綴じ込み、係員が保管して介護の参考にしているという。

5　さぁ、帰りも楽しく

午後四時五分、帰り支度で忙しくなる。そわそわして立つ人、トイレに急ぐ人、腰掛けに座ったままの人、みなそれぞれである。

あわただしい中でもゆったりしている。名前を呼ぶまでテーブルに待っている人など、施設職員への感謝の表情もさまざま、やがて呼び出し順に指定の車へ向かう。五分、十分、施設をあとにして車は次々と大通りへ向かう。みんな、いい一日を過ごした。顔を見合わせながら、それぞれの家路へ向かった。次の日を楽しみに――。

身に余る光栄「沖縄県功労者」

二〇一七年九月二十五日（旧暦八月六日）は思い出の日である。その日、県南部連合文化会の集いがあり、ぼくの帰宅は夕刻になっていたが、ふと郵便受けを見ると分厚い封書がある。開いておどろいた。「沖縄県知事事務局」名で「貴台の長年の御功績に対し文化・学術部門の功労者として表彰させていただくこととといたしました。つきましては、受賞のご承諾をお願いするとともに表彰式典及び祝賀会を執り行いますので云々」とある。

新聞社で文化運動を立ち上げたり、民俗と芸能関係の仕事をしたり、ささやかながら地域文化の掘り起こしに自分なりのことはしてきたつもりであるが「県功労者」とは、政治家か芸能工芸関係者が主と思っていたし、文化・学術とはまさに驚天動地であった。

文書には但し書きがついていて「報道が解禁されるまでの間は、本決定について公表されることがないように」とあるから、友人知人はもちろん、家族にも黙っていた。一応は辞退を考えたが、ジャーナリストとしての誇大表彰は身に余る光栄と思って承諾した。いっさい公言しないのに、しばらく経つと友人の五人それぞれから「おめでとう」の声がかかってきた。県文化協会の二人と、一人は沖縄に滞在している台湾代表の友人、もう二人は琉球芸能関係者と古典音楽家である。

ぼく「あら、どこで聞いたの？」

台湾の彼「沖縄県知事公室秘書課から表彰式典案内があった」

芸能関係者「学術・文化部門だってね、すでに洩れているよ」

文化協会の彼「県文化協会の集まりのとき、話題になっていた」

ぼく「公開するなと書いてあるよ。だから誰にも言わなかった」

友人たち「アハハハ、それほど秘密にしなくていいさ」

「公表するな」とあっても、別に深い意味はないようであるが、今更のように我が身の認識不足、緊張と単純さがわかった気がして気恥ずかしくなった。

公表の十月二十七日は大変な日となった。沖縄タイムス、琉球新報両紙の写真入り報道を見て朝早々に知人友人からの電話は鳴りっぱなし、さらに祝い電報も十六枚。はがきや書き付けがつぎつぎと二十三枚。旧職場の新聞社々長から大きな花が届き、友人の奥様から祝い酒もいただいた。知名の人なら当たり前かも知れないが、ぼくにとっては大ごとなのである。胸騒ぎが収まらずうろうろ、でも「ありがとう」と言うほかにない。

受けたからには、表彰式に臨まなければならない。表彰への案内文は「平服（スーツ等）でご来場」となっている。文言の違いはあるが、まさか羽織袴でもあるまいと思い、ぼくはスーツでいこうと考えた。

受賞者は［地方自治］稲嶺惠一、古堅実吉、比嘉幹郎。［教育］蔵根芳雄。［文化・学術］宮城鷹夫。［伝統芸能・工芸］八木政男。［スポーツ振興］金城眞吉。［平和・

人権推進・社会貢献〕松田敬子。〔社会福祉〕宮城正雄、神谷幸枝の十氏であった。

表彰式は二〇一七年十一月三日の午前十一時、大安「文化の日」に那覇市内の大ホテル「万座の間」で厳粛に行われた。式の趣旨には「本県の各分野に顕著な功績を残された方、県民の師表としてふさわしい篤行がある方を表彰し、県政の発展に資する」と麗々しく書かれている。

そして会場の手配りがよすぎる。控え席の設定、接待の手際のよさ、お茶のサービスまでが丁寧で、接待者は女性が三人、男性十一人、男性はみんなスーツにネクタイ姿であった。もちろん受賞者には付き添いまで付いていた。

案内を受けて会場へ向かった。まず席の作り方が図示され、舞台中央の段に翁長雄志知事が座り、その右左の席に受賞者が並ぶ。次々と十人の名が呼び出され、知事から大きな表彰状を拝受、さらに「沖縄県功労章」文字入りの、重々しい大章を胸にかけてもらい、県章のバッジもいただいた。

県知事から贈られたぼくの表彰状には「永年にわたり幅広い文筆活動を展開すると

ともに、沖縄県文化協会等の設立とその運営に携わり、文化芸術活動の基盤構築に寄与するなど、沖縄県の文化継承と発展に多大の貢献をされました。その功績は誠に顕著であります。よってここに沖縄県功労賞を贈りその栄誉をたたえます」とある。

面はゆい感じで賞を受けた。翁長知事は式辞でていねいに「県民を代表して敬意を表したい」と述べた。

緊張したまま坐っていると新里米吉県議会議長の祝辞のあと、受賞者を代表して元知事の稲嶺惠一さんが「今回いただいた栄誉は個人の物ではない。私たちは、これまで多くの方々に支えられてきた。その意味では、この栄誉は沖縄県民のものだ」と感謝の言葉を述べた。

やがて幕となり、ひと息つく。そして、例の通りの祝賀の宴である。この機会に翁長知事とは、父上の元真和志市長・翁長助静さんの思い出を語り、稲嶺元知事と、父上の稲嶺一郎さんを取材したときの印象を話題にしたのがよかったと思う。それは新聞記者時代の話であるが、このような晴れがましい場で会話ができるのも、老ジャーナリスト冥利に尽きると思った。

並みいる友人・知人の祝福を受けながら、祝賀の宴は終わった。記憶が鮮明さを増していく。年が明けても多くの人から祝電、電話、お手紙をいただいた。友人、知人たちが盛大な祝宴を開いてくれた。それも三回、四回、五回と続いた。見知らぬ人からも声をかけられたりする。

沖縄への施政権返還から四十五年、アメリカ統治下で自治権が制限された時代を乗り越え、沖縄が歩んできたことと思い併せて胸が迫る思いであった。沖縄はまだまだ課題が山積みしている。ぼくが沖縄県のためにどれほどつくしたか、自ら忸怩たるものがあるが、それでも県のご厚意に甘えての受賞である。

身に余る光栄であるがどうしようか、多くの人に受賞顔を知られてしまった。見知らぬ人から声をかけられることもある。今後はうっかりしたことが出来なくなるのではないか。喜びと緊張の思い上がりであっても、さまざまな感情が胸の奥で行き来するこのごろである。

3　趣味と遊び

ウンジャミの祈り。沖縄の遊びも祈りも海の彼方からやってくる。遊びはこころ、対岸にこころの抱擁が見えてくる。

杖を頼りに一日がかり

むかし、老婆が杖を頼りに一日がかりで戦死した息子の霊と会う歌があった。最近も杖を片手に道行く老人の姿が目を引く。歩くことで起きるトラブルに、転んだりつまずいたり、あるいは交通事故に遭ってしまっては元も子もない。とくに老齢となると、重大事故になりかねない。普通に歩いていても転ぶことがある。転倒が寝たきりの原因にもなることから、歩かないほうが良いなどというわけにもいかない。

二階に寝ていたら突然、一階に置いてある電話が鳴った。あわてて階段を下りようとしたら、たちまちすってんころり。よく聞く話である。老化すると筋力が低下し、膝もガクガクして歩き辛くなる。歩かなくなると腰が曲がり、ますます歩くのが嫌いになる。でも歩かないといけない場合もある。

転ばぬ先の杖、とうとう杖を頼りに一日がかりとなってしまう。よぼよぼ老人のたわごとは限りなく続くが、やはり筋力低下で歩行が厳しくなれば「杖」を使わざるを得ない。歩く機会を多くするためにも杖を使うことにしたい。転倒して骨折して杖が必要になってからではなく、高齢者の持ち物として定着させることである。杖を持つから老人ではなく、老人だから杖を持つのである。杖は老人のアクセサリーということにしよう。

じつはぼくの手元にたくさんの杖がある。意識して集めたわけではないが比べてみると、それぞれに「杖の個性」があって面白い。

①広くつかわれているT字型の杖。腰のあたりの高さで、歩くとき体の支えになる。

②庭ぼうきの柄ほどのもので、つかみ所に厚いテープを幾重にも巻いて滑り止めとし、地面に付くところもゴム製の滑り止めが付いている。長さが肩のあたりで、体位が曲がらないから腰も強くなる。

③竹杖。これはヤンバル竹を手際よく切り、節目の多いところと長いところをうまく利用しているから、細道を歩くのに役立つ。世界遺産になった今帰仁城で戦後間もないころ、お土産品店のおばあさんがよく奨めていた竹杖で「今帰仁城跡」の焼き印がきれいに残っている。上り坂に都合がいい。

④登山用を兼ねた、上が丸くで強いひも付き、伸び縮みができる黒杖である。四本指がつかみやすいように掘られているし、無用の時はたためるので若者でも使用しそうなスマート杖で、「体に合った長さに調整してご使用下さい」と書いてある。

⑤長く試練に耐えた山竹で根が太く直径が四センチ、下部二センチの、先の細い異様な山杖だから石ころ道などを通るときなどに良い。手を加えない自然の竹で、つかむところが太いので力が入る。腰の運動に使っている。

⑥「仕込み杖」である。これは空手古武道演武、もっぱら武術用であるが、見かけは桜の枝で、太さも手頃だから、目が不自由の老人用の杖にしか見えない。しかし、ことあればサッと抜き身の刀となり、逆げさ斬りで相手を斬りあげる技が秘められて

いる。杖は護身的な要素もあっての仕込みである。しかし杖の下に回る弱い犬は打てぬ。それが武の道と心得ている。

仕込みをふくめ、どの杖にも背中を伸ばす働きがある。そして痛みがある場合は杖が足にかかる力を腕に分散することで、自らの力助けになる。むしろ、早めに杖を使うことが、背中を伸ばし、起立と座位を助け、弱まっている腹筋にも力を与えてくれる。自分の足で歩く能力を長く維持することを可能にする。九十歳以上の老人だけの杖ではなく「五十代、六十代の人でも、歩きにくいときには杖に頼って良いのではないか」などと、杖突き老人のぼくたちに思わせてしまうのが「杖の役目」ではないだろうか。

杖を使いながらの歩行の積み重ねはだいじで、歩行に必要なお尻や脚の筋肉の老化速度を遅らせることを、杖は考えていると思う。杖の役目と老人の立場を意識しながら杖をつかってみよう。しかし、老齢友人のなかには「年寄りじみていやだ」というのがいる。とくに女性は、よろよろしながらも杖を嫌い、雨も降らないのに雨傘を杖代わりにしている。杖が嫌いと言うより、周囲に人が見えないところでは傘を第三の足（杖）として、活用しているから面白い。

そのような強がり女性たちのために「杖のような、目立ちやすいものでなく、目に付かない歩行補助器はないのか」という人もずいぶんといる。まさにコンピュータ時代、このような人のために杖の役目を果たす小指ほどの杖を考える研究者はいないのだろうか。

軽い謎含めてのウソ話

飲み屋は席が混んでいても客が入り口に立つと「席は空いていますよ、どうぞどうぞ」と呼び込む。芝居や映画などの小屋は空席が多いのに「たくさん大入りです」と街頭宣伝する。

杖に頼って老骨にむち打ち、曲がった腰を伸ばして老人たち五人が夕刻の飲み屋を訪ねたことがある。久しぶりの集いだから老人といえども心を引き立てられた。現職のころから知っている飲み屋があった。入り口でぼさぼさしていると

「閑暇（ひま）です、どうぞお入いり下さい」

と誘われた。客を引き寄せるのは飲み屋マダムの口ぐせである。

客がいる、いないは関係なく笑顔で誘われるままに入ったら五，六人の客がカウン

ターにいて、酒を酌み交わしていた。別席でぼくら老人たちを相手に酒を勧めてくれたのは、年配の女性。たぶん六十代と思うが、年齢を隠して、話は三十代のように若々しい。

「あのサ、ダンスに行ったのよ。若い男の子とジルバ、クイック、何でも踊って楽しかった。お酒、おいしいよ」

話が止まらない。老人への当てつけみたいなことがあったとしても、それほど嫌な感じではない。口紅が濃すぎる。髪は黒々とセットしてあるが毛染めであることは見てわかる。立ち姿の背が少し丸くなっていたが、忙しそうに働く彼女に同情した。

近ごろはあまり行ったことがないのに、よく古い芝居の話が出る。ぼくらが若いころに見た「奥山の牡丹」「伊江島ハンドー小」「愛の雨傘」ときに「組踊」まで話題は尽きない。芝居小屋の席は空いていても芸は続くという話になった。観客席に十人しか入ってなくても芸は予定通り進めたと言う。劇場への客引き込み男の口癖は、

「さ、どうぞどうぞ、今の芝居、大入りですよ」である。

「満」と「閑」。いずれも軽い謎を含めてのウソ話であるが、どっちも商売上手の定番だから、情に訴えたり意地を張ったりして、客を引き入れようとする意図に変わりはない。「お買い得です」「夜尿症、この一粒」「食べて痩せダイエット」「老人性すっきり」「この衣、寝ている間に健康に」など、商魂というか、宣伝上手というか、それは売ることを目的とする〝誇大広告〟や投げ込まれる〝チラシ〟のようなものであろう。

もちろん効かないクスリを効くように宣伝したり、肌を荒らす美容液とか、明らかに事実に反して害を及ぼす広告は取締まりの対象になるが、軽い謎を秘めたウソをついていても、他人はそれを責めたりはしないのである。多少誇大と知っていても、コトバに潜む皮相な意味を「しいて追求、かき立てることもあるまい」ということになるのだろうか。

子どものころ、嘘つきはあの世に往ったとき、「閻魔王に舌を抜かれるよ」と脅され、厳しい罰を受けると教えられた。「ウソは泥棒の始まり」というのも良く聞かされた。「ウソは門（ジョー）までも通らない」とは沖縄の格言であるが、ぼくらが小学生のころ「嘘をつくとオオカミに食われるぞ」という説話があった。

「オオカミは来ないのに、小山に登って〝オオカミが来たぞ〟とウソをつく少年がいた。村びとたちが棒を持って駆けつけるとウソだった。あるとき本当にオオカミがおそってきたので、少年が〝来たぞホントー、ホントー〟と叫んだが、またウソだろうと誰も出なかった。とうとう少年はオオカミにかみつかれた」

本当とウソを織り交ぜたような例え話であるが、どうして小学生にウソのことを教えたのだろうか。

ウソの沖縄方言は「ユクシムニー」である。「本当でない話」という意味であるが、東京語の「嘘言」とは少しニュアンスが異なる。例えば男女が恋を語るとき、男のコトバに対し、彼女の笑顔「ユクシヤサ」は否定ではなく、愛の受け入れを「内諾」したことになる。

「嘘から出た誠」「ウソと坊主の頭は結ったことがない」「嘘も方便」など、他に損害を与えないウソは笑いを伴う。ウソは常備薬、真実は劇薬とも言う。深い謎を秘めてのウソ話、昔から現在まで、いや未来も、本音とウソを交錯させるのが人間社会かも知れない。

これは当たり前のことを当たり前に言っているだけであるが、でも、政治家は大衆の前でウソをつかないほうがいい。教師は子どものたちの前でウソを教えないほうがいい。

人間は人間であるからウソもつくが、人間以外の動物はウソをつかない。本能で生きているから、犬でも猫でも何を思っているのか、飼い主にはすぐわかる。素直に人間のいうことに反応してくれる。ウソをつかぬ猫を飼うことにしよう。

われ、猫とたわむる

夏目漱石の猫は名がなかった。わが家の猫は名前がある。「マオ」という。猫は歩くときに少しも足音を立てない。よく人の秘密をそっと見て、知らん振りをしている。

夏の日が傾きかけるころ、どこから来たのか三匹の子猫が苦しそうにわが家の屋根下で鳴いていた。まるで途方もない遠い国からやってきたように、ただウロウロするばかりである。どこで生まれたか見当はつく。野良猫ではあってもせっかく見つけたのだから、その中から三毛の子猫一匹を拾い上げ、他はカツオ節を与えて追いやった。かわいそうだが、三匹を飼う勇気はなかった。拾った三毛はメス猫であった。

その子猫を家の中に連れ込んで驚いた。右目がつぶれかかっているし、耳はかさぶたで湿っている。足もただれている。子猫用の餌を買い求めて猫皿に入れたのに、あまり食欲がない。日数とともにただれはひどくなるような気がした。

やむを得ず動物病院へ連れ込み、塗り薬と飲み薬、それに耳元へ注射をしてもらったら、日に日によくなり、少し元気を取り戻した。

名前は「マオ」とつけた。他県の猫は「ニャン・ニャンニャン」と鳴くらしいから、語呂合わせで二月二十二日を「猫の日」と決めたそうだが、沖縄の猫は「マーウ」と鳴く。それにならって、家の猫も「マオ」にしたが、有名な真央さん、美人の真生ちゃん、失礼になっていたらごめんなさい。

三カ月も経たぬうちに、猫「マオ」はたちまち太って如何にも家付きの猫らしく、食卓の下や腰掛けの上などに形のいい座りをするようになった。このままでは逃げ出して、雄猫とデートすれば子が出来るかも知れない、ということでまた動物病院で「避妊手術」をすることにした。

飼ってみるとこれはなかなかいい猫で、行儀も良く茶、黒、白色の毛並みにつやが出て姿形がよく、何よりの取り柄は、目が深い海のように澄んでいることである。マオが「マーウ」と鳴く声がとても愛らしい。時々専門のひとに爪切りをお願いしたり、健康状況を診てもらったりしないといけないから猫の世話も忙しいが、それも飼い主の義務と思っている。

昔の猫は「ネズミを捕る」ことが大きな役目であったが、今の猫はその役を果たさなくなった。猫は首に鈴を着けて、人が与える「愛猫餌」をいただくだけである。「とびつくおいしさ。お魚とお肉ミックス」とあるから、猫は難儀をしてネズミを捕る必要もなくなった。ネズミを捕ることを忘れたのである。

ぼくは原稿書きがあると、夜ひとり起きてパソコンに向かい、キーを打って書き物をする。マオはぼくの側の小さなテーブルの上に座り込み、まるで文章の内容を知っているかのように、目を細めて打ち続ける文字を見ている。ときおり、参考資料の上に座り込んで動かない。「マオ、退いて」と言っても聞かない。だからといって、強制で退けることはしない。仕方なく抱いて一服すると、今度は膝の上に乗っかってくる。片足をのせてぼくの顔を見上げる仕草がかわいい。いつまでも抱いておれないから、再びパソコンへ向かうと、マオも腰掛けの上で座り込んでいる。

あるとき、〝キャーッ〟と鳴いた。小さな丸棒と思って猫のしっぽを踏んでしまったのである。「ごめん！」といったら、目をむいて「いいよ！」という表情になっていて逃げようとはしない。朝届いた新聞を重ねたところに、猫が座り込んで、新聞が読めないときもある。仕方なく、猫が退いてから読むことにしている。

「マオ」と呼べば「マーウー」と答えてくれる。家族も「マオはお返事が上手だよ」と褒めつつ、子どもたちの教育？に役だてている。ただ、眠くて気に入らないと返事をしないときもある。

寄生虫予防の意味もあって、マオは家の中で飼って外には出さない。ところがときおり、人目を忍んで外に飛び出す。探し回っていたら、どういうわけか、ぼくの声を聞き分ける。例えば玄関から外に逃げようとするとき「だめ！」と言ったら足を止める。「マオ、おいで」と何度か呼ぶと来てくれる。もう一つ、食事を与えるとき、どんなに腹が減っていても「待て、まて！」というと、顔をあげて一分も二分も待っている。「よし」と言うまで待っている。

わが輩ならぬ「私は猫である」とばかり、マオはまるで甘えん坊の子のように、体をこすりつけてくる。喉のあたりがゴロゴロとなりだす。喉もとをさすると、頭を乗っけるようにして目を閉じ、体を預けて寝てしまう。しかししつけはしないといけない。人間の寝床には入らないこと、食卓にのっている人間の食べ物、たとえ肉類でも魚類でも、いっさい食べようとしない。もちろん与えたことはないから、それは猫の食べ物と思っていないようである。

このように、マオとぼくは、ひっそりと遊び、ときに抱いて知らんふりをしているのだが、そのような関係が、どうやらだんだんと家族にも好ましく思われてきたようである。みんなでマオをかわいがるようになった。知ってか知らずか、マオはまたぼくの膝の上に乗っかってきた。

何かの本で、「人間の声を、犬は10覚え、猫は5覚える」と読んだことがあるが、それからするとマオは覚えの良い猫かも知れない、と勝手に思い込んでいる。

本を読む・本に読まれる

ぼくは若いときから武術が好きで、剛柔流や本部御殿手を学んできた。しかし最近はそれも話だけになっている。じっとしていたのでは、筋肉も落ちるし、血の流れも悪くなることは知っているが、体が言うことを聞いてくれない。

ひところは県内だけでなく、大阪や台湾、フランスでの演武出演はもちろん、北は北海道から南は四国、九州まで回った。あるいは奄美、宮古、八重山、与那国まで、武術の旅を楽しみつつ歴史文化、芸能の数々を訪ねたが、もうその機会はぐんと減ってきた。というより、出来なくなってしまった。わが第二のふる里と思っている台湾でさえ、ここ二、三年訪ねたことがない。まして中国や東南アジア、ヨーロッパ諸国などへの旅もずいぶん遠のいた。

人間は他の動物に比べて、歩く範囲が広い。だから「歩く動物」と言われている。年は寄っても、旅は出来なくてもこころは失いたくないから、ときには書店で文庫本などを取り出して楽しむことにしている。

しかし新聞記者時代のような政治論や思想論の、こむずかしい書物に目を向けるのは苦手になった。腰掛けを置いている書店もあるので、ときには座り込んで老人用？目次に目を通す。愛想のいい店員がいて、「どうぞ」と小さなテーブルを持ってくる。たぶん、老人が本を手にしているのを見て親切にしてくれたのだろう。読み放題というわけではないが、心の中で感謝しながら「老人冥利に尽きるな」と思ったりするのだから、すこし厚かましい。

月刊誌や週刊誌はともかく、最近は新刊書だけでなく復刻版も数多く出回っているから、読みたい本を探すのにもひと苦労する。ようやく欲しい本を見つけて買い求めた本は安易なものばかりで、書棚には歴史書と老人関係のものが並んでいる。中には滑稽な読み物で、ときどき文中に（笑）と、勝手に書いてある。笑いは読者が感じるか感じないかであって、著者が（笑）と書いても笑いたくない文章があったりするからおもしろい。

少し堅い『大日本帝国植民地下の琉球沖縄と台湾』『昭和の戦争』『邪馬台国と卑弥呼の真相』『消えるコトバ・消えないコトバ』などはいいとして、こんな本もある。『脳が若返る』という本。読み通したわけではないが「脳はどんどん若返る」と言い「右脳・左脳を鍛える」「脳を元気にする体操」「誘われたら一度はやってみる」など、ずいぶんと積極的な紹介がされている。

『百歳まで歩く』（田中尚喜）という文庫版は、年代別の筋力向上、筋肉別の筋力向上、あるいは「腰痛・膝痛の再発」のトレーニング、歩き方を見直す筋肉づくり法など、細かいことが図入りで紹介されている。もちろん、ぼくは怠け者だから実践はむずかしい。

『百歳日記』（まど・みちお）などにも目を通すようにしている。中村メイコの『老いてほどほど二人暮らし』なども読んだ。精神科医が教える『お金をかけない老後の楽しみ方』などがあり、現役時代と老いてからのお金節約は違うのか、よくわらないが中味の濃い本である。しかし、申し訳ないがぼくは出来るだけお金をかけて老後を楽しむことにしている。

ぼくより十六歳若い方の著『父が子に語る昭和史』という古い文庫本もあるが、年代を語る亡き息子への思いが痛ましい。『一〇三歳になってわかったこと』（篠田桃紅）は生きることへの楽しさがあふれている。

最近『身近な人が亡くなった後の手続きのすべて』という部厚い本を求めた。ぼくが死んでも子どもたちが慌てないようにしたいと思ったからである。ぼくの書棚には、このような書や小冊子や文庫本、新書版などが並んでいる。読みたい本をベッドの横に置いて、思いつくままに目を通すことにしているが、月刊誌や週刊誌も読むことがあるので、じっくり読む時間を持てない。結局はページを投げ出して寝入ってしまうことになる。

したがって、寝室の周辺は乱暴に積み重ねた本で、文字通り乱雑である。しかも古典的、あるいは学論、文学的な書は少なく、新刊書の山積みである。浦添市に住む新聞記者時代の友人が居るが、彼の部屋はきちんとしている。三十五冊ほどの本も、書棚にきちんと収まっている。

「ほとんどの本や資料や古本は図書館に寄付した。でも辞書類とか全集ものは受け取ってもらえず、処分した」

と言うことで、彼は「活字離れか。ぼくらの時代と違うからな」と笑っていた。しかし、すでに読んだ本を二度読みするには、手もとになければ何か物書きをする場合、困らないだろうか。

「覚えているだけで書けばいいさ」

と彼は言うが、ぼくにはその才がない。なかなか古い本やため込んだ資料を捨ててしまうことができないのはそこである。読んだ本でも、ぼくは半年経てば内容を忘れてしまう。読み返せば、また新読みに感じるからこっけいである。節約ではなく結果として与えられる恵み、年寄りの功徳というものだろうかと、自分なりに思い込んでいる。

　したがって、衝動買いもあるから書店へ行くごとに増える数々の本が書棚を埋めていく。ときには以前に買った本の名を忘れて二度買いし、ボケを実感することもあるので「本を読む」のではなく「本に読まれている」のが現状である。

立てば武の技、芸は華舞台

沖縄の空手・古武術が見直されつつある。空手会館が出来た。流れる汗を拭うこともなく「技」の修練に励む若者たちがたのもしい。武の技に懸ける若者の意気込みに強く共感し、ぼくの胸中にあの時代、五十年から六十年前の自身の思い出がよみがえる。思い出の武術修練を記しておこう。

むかし習い覚えた古武術「本部御殿手」は、ぼくの健康を維持してくれているような感じがする。ぼくは現在、全沖縄空手古武道連合会の最高顧問であり、本部御殿手範士九段の称号を与えられているので、心だけは「武人」と思っている。ぼくは十代で剛柔流の宮城長順師の許で学び、三十三歳のとき「武と舞」の道場を開いていた上原清吉師「聖道館」の門をたたいた。王家秘伝といわれた、その「わざ」は、体の線を軟らかく保ちながら流れるようにして相手を倒していく。琉球古典舞踊、とくに女踊りのなかに武術が込められていることから、これは多くの人に魅力を投げつけた。

ぼくは師から「〝空手に先手なし〟というが、では〝後手〟が武術か。そうではない。本部御殿手はすべて防御即攻撃の〝同時手〟つまり守はすべて攻撃と同時である」と教えられた。

相手のスキを見て風のように速く行動し、静かなときは構え、攻めるときは火のように激しく華麗に相手の攻撃と同時に攻撃して手足をさばき、そして待つときは山のようにどっしりと動かない。このような技を決める御殿手は、首里王家を警護するために生まれた本部家独特の武術と、ぼくらは上原師から教わった。尚質王統の流れを受けて、系図は尚弘信から本部朝真、本部朝勇、弟の朝基とつながることになる。上原師の師が朝勇師である。

どの武術にもいえることと思うが、技には「剛」の部分と「柔」の部分が含まれている。沖縄の武術（空手・古武術）も例外ではない。剛と柔は、宇宙における「陰陽」

に通じるものであり、自然と人間のかかわり、人間と人間の関係にも当てはまる。琉球舞踊の「静」と「動」の関係も同じことである。

すべての技は変幻自在で、御殿手の「取り手」は「捕り手」に通じ、技に技を重ねて「取り手返し」「裏返し」「裏々返し」と続いて限りがない。棒術は「六尺棒」「四尺棒」「短棒」が一本、二本と自在に使われ、ヌーチク（ヌンチャク）、トゥイファー（トゥンファー）、エーク（櫂）、二丁鎌、サイ、槍、長刀、刀、短刀、打ち棒、さらに刀技では仕込み杖などがある。そのほか、杖術、木刀などをも含め、身近にあるのはすべて防ぎょと攻撃の武器となりうるように仕込まれる。

「本部御殿手極意武術五ヶ条」に「心素直なれば求むるものすべて武の心に通ず、自然の姿の中から武の心を感じ取る修練こそ真の武に通ずるものと心得るべし。邪を捨てて修練に励むこと、これを虚心なき『武』の道という。武の頂点に向ひただ無心で歩むのみ」とある。

その奥義「舞の手」が琉球古典舞踊の「女踊り」の手に共通するというのは、沖縄の歴史や文化を研究する立場からも興味深い。あの柔軟な女踊りに〝武の技〟が秘められているとするなら、それはたいへんな技法ではないだろうか。

沖縄の古典舞踊をよくみると、コスチュームには祭祀の世界でノロや神女たちの着付けを昇華させたようすがうかがえるし、拝みのときの振りにも拝み手、押す手、こねり手の原形が祈りの所作に見られる。臼太鼓の手法も同じである。これらが舞台の芸として美しく磨き上げられていることは否めない。それに、古武術の手がところどころに見られるのも確かである。

神に祈ることは、やがて舞の動作となり、また「自己防衛」の手段にもなったと考えられる。神の舞が昇華されて形式化したのが「古典舞踊」である。女踊りこそ、一分のスキも与えない厳しい芸である。「静」から「動」へ、「動」から「静」へ、ゆるむことなく踊る姿は、まさに「神に祈る」心であり、独特の手法もそこから生まれる。最も尊敬する芸能人のひとり、島袋光裕師は「真の芸は舞台に立つだけで舞芸になる。真の武は野に立つだけで武技になる」と言われた。

そのような武術を心では知っていてもぼくは九十六歳。しかしおだてられたらぼくでも舞台に立つことがある。ふだんはよぼよぼ、杖にすがってのボケ老人だが、不思議と演武の舞台ではふらつかない。神に祈る気を持てば、手の舞い、武器をもっての舞、相手対動作でも出来るのである（と思っている）。

新聞の特集「沖縄空手」で流麗・王家秘伝の特技を演武したのは二〇一七年十一月五日だった（同11月12日、沖縄タイムス）。流れるようにして相手を倒していく技を示しつつ、仕込杖をつかってその奥義を披露した。

ぼくなどの手足が、若者の意気込みに及ぶことはない。しかし、ただ武をたしなむ老人のひとりとして「本部御殿手」は郷土の偉大な文化遺産と思っている。これからさらに、全国的にも世界的にも沖縄の偉大な文化が、たくさんの空手・古武道の成長記録として伝承され、後世に残るよう、密かに祈っている。

ユメのまた夢、ＡＩちゃん

「武」で鍛えたつもりでも人は加齢とともに、いろいろの部分が衰えてくる。認知症で頭脳が鈍るだけでなく、耳も、目も、歯も総入れ歯になって話が頼りなくなる。だからといって人の善意、子や孫に苦労をかけるのも辛いことである。いい意味でも悪い意味でも、人間はみんな孤独である。ここはなんとしても、そのような自覚を高める以外にあるまい。たとえ寝たきり老人になろうとも。

もうひとつ、気になるのが老人たちの食事である。ぼくら友人同士の自由気ままな夕食会があった。

「牛肉は堅い。ティビチ豚足にしようか」

「むかし、よく食べたステーキだが、歯がかなわぬ（たたぬ）」

「噛め噛め軟らかハンバーグ、ハンバーガー」

「熱さふーふー、ぼろぼろジューシーだ」

洋食和食琉食、取り混ぜての食事会とは相成った。高齢者にとって最大で普遍的なテーマは、食事と足腰の衰えではないだろうか。ぼくなどはすでに下半身の退化をつくづく実感しているが、同年の者には床の間住まいがたくさんいる。中には義足に杖の人、あるいは体を「く」の字型にしながらの手押し車だって珍しくない。

八十代までベルトを締めて、小走りに遊歩道を往復していたのに、九十代になると速度が遅くなる。さすがに最近は歩くと言うより、ひょっこひょっこの散策と言うことになってしまった。頼るのは手助けの若者と杖ばかり。

杖は年寄りの象徴になっているが、人間って勝手なもので、自分がその立場におかれてみないと理解できないところが多い。若いころ、街を歩いていたり、デパートに入って買い物したり、いろんな場所で、もたもたする年寄りに、もどかしさを感じることが多かった気がする。

「どうしてあんなにフラフラ歩くのか、もたつくのか」

「だらだらして、きょろきょろする。ああもどかしい」

などと、しばしば思ったものである。以前、八十歳を超した母に同じことを聞いたら
「年を取れば分かるさ」と言われた。

なるほど、自分が九十歳を超してよく分かった。フラフラ歩くのは、体のバランスがとりにくく、足腰も弱っているからである。気をつけないとすぐ右と左に体が揺れる。道を歩いていても右寄り左寄り、直線に歩けない。

起つ、歩く、座る、しゃがむ。その動きは老人にとっての厳しい作業である。

「おい、手をかせ、手を」

それが常用語になって情けなくなる。老人の、この動作を助けてくれる運動補助器はないだろうかと、つい考えてしまう。だって、階段上り下りの簡便カゴがあるではないか。伸び縮みして腰を助ける腹巻きが店頭にある。歯がない人には入歯、耳の遠い人は補聴器、頭の悪い人には——それはない。ボケ老人の飲み薬、塗り薬、あるい

はロボットアニメ、コンピュータなどはあっても、老人たちにとって、一部的な未完成品でしかない。人間の頭脳で電子機器をここまで作り上げたのだから、現代人が知恵を絞れば、それこそ頭の老化した人に有効な精巧機器ができるのではないだろうか。本気で取り組めば、頭の良くなる最良の製品が出来ると思うのに、なぜ月世界や宇宙などの大きな実験に執着して、小さく精巧なものに知恵を絞らないのか。

そこで酒屋談義の中から、話題として浮かんだのが「ＡＩの知恵」借用である。ＡＩとは、アーティフィシャル・インテリジェンス、つまり「人工知能」のことであると、友人に教えられた。小型で、耳に掛ける補聴器のように、至って簡単に装着できる「知能器」ＡＩを制作していただき、ぼくら老人は「ＡＩちゃんを抱っこ」して、昼夜愛し続けるのである。酒屋談義では「愛するほど離したくないＡＩちゃんが欲しい」ということであった。つまり、人工的に生み出された知恵のことで、将来は人間生活の多様な場で活躍するだろうとの見通しである。老人たちのユメはさらに広がる。

それまでぼくらが生きているかどうかは別にして、これこそユメのまた夢、年を取っても周囲の人たちに迷惑をかけず、子供たちにもあまり苦労させない。老人ながら頭脳明晰、老人に優しい完璧な頭脳ＡＩちゃんがすべて処理してくれたら、天下に感謝だ。

コンピュータ・システムではないが、ＡＩは平和的に利用すべきであり、人工知能ＡＩちゃんの価格が高すぎてはいけない。年々、老齢年金も厳しくなるから手頃の値で求められるようにすることである。政府は「年金引き下げ」ばかり考えず、人間に優しい完璧な「老人限定のＡＩちゃん」開拓に全力を傾けるべきである。

二〇一七年の厚生労働省調べによると、全国の百歳以上の年寄りがこれまでで一番多い六万七千八百二十四人に上ることが分かったという。最高齢は女性で百十七歳、男性は百十二歳である。前年より二千百三十二人多いが、厚労省では「医学の進歩が影響している」と見ている。年々増えることは間違いあるまい。ＡＩちゃんを抱くことによって、ボケ防止だけでなく、デイケア、デイサービスを含めた経費が減るかもしれない。老人生活へ向けての、行政の取り組みが遅すぎる感じがする。

　福祉問題が話題となる今日、老人のユメは限りなく広がるが、人の手で介護されるには限界がある。頭脳器具だけでなく、手押し車や自動器具、ポケットに持つだけで歩行が楽になり、しゃがむことも含めて立ち居振る舞いをサポートしてくれる機器の製作は出来ないものだろうか。年を重ねれば重ねるほどに、軽いシンプルな器具が欲しくなる。

　いま、高齢者らが介護保険サービスを使う際に必要な利用計画（ケアプラン）作成に、ＡＩを活用する実証実験が愛知県豊橋市で行われている。どの程度身体能力が改善されるかを判断、予測するという。一方で、人間の意思を介さず、自律的に攻撃を行う「殺人ロボット」の兵器が誕生する恐れもあるらしい。中国が国策で推進、アメリカも研究に注力しているとの恐ろしいニュースが流れている。

　人は死から逃れられない。戦争のない社会で出来るだけ長生きしたいとか、病気にならず健康でありたいと思うものだが、現実はなかなかそうはいかない。思わぬ事故や急病が死をもたらしたりする。それはそれで、今はＡＩに期待しながらも諦観するよりほかにないだろうか。

4　民俗と信仰

ニライ・カナイの彼方から夜明けの橋がかかってきた。そこに民俗と信仰が宿っていた。“神”は美しく輝く星の彼方に存在する。

ことわざに見える「沖縄」

ことわざは世代から世代へと言い伝えられられてきた簡潔なコトバであり東西南北、人が住むところにはどこにもことわざがある。ことわざには強い民俗性と信仰が秘められている。鋭い風刺や教訓、知識などを含んだものが多いのに、現代社会は多忙で、記憶から薄れつつあるともいわれている。沖縄では「昔言葉（ンカシクトゥバ）」ともいうが、「遊びぬ清らさや人数ぬそなわり」から「世や捨てても身や捨てるな」まで、それがウチナーンチュの心を支えているように思う。『沖縄ことわざ辞典』（仲井真元楷・著）を基にして話題を広げつつ、親たちから聞いた昔ばなしのいくつかを拾い上げてみよう。

1　月や成るようには成らなん（P・175）

「チチヤナイルグトゥヤネーラン」と読む。

ぼくらが生まれたとき、まだヤマト世にはなりきれず、「お年玉」みたいなヤマトめきたる習慣はなかった。五、六歳のころ、正月は旧暦だったから豚肉のおいしい食事が楽しく、父が弾く三線《新玉の年に炭と昆布飾て　こころから姿若くなゆさ》を、意味もわからず座ったまま姉とともに聞いたのが心に残っている。

〝はやくこいこいお正月〟、正月と言えば「豚肉」であるが、家庭での豚殺に心が揺れた。家の前の大きなミカンの木の枝に、二年も三年も育て上げた太豚を逆さにして吊し、三人がかりで鋭い包丁を首筋に差し込む。子どもながらも恐ろしくて、ただ口を開けて見るだけであったが、その料理はおいしかった。

あのころ「おきなわの正月は三回」といわれていた。〝年の初めのためしとて——〟を歌うのは学校のヤマト正月、豚汁を腹一杯いただけるのは沖縄正月、祖先のお墓にお供えをする「十六日（ジュウルクニチー）」は後生の正月であった。

　ぼくらの年代が過ごした九十六年間は変転きわまりない時代だったと思う。貧しくとも平和な少年時代から、やがて満州事変、そして日支戦争から東亜戦争最中の台湾進学と学徒動員。ここで戦争が終わってアメリカ世から日本時代への移り変わりがユメのように過ぎていく。

　その間の流れは速すぎた。歴史的変転にたとえれば、たぶん百年、二百年の早さではなかったかと思う。失われた時は決して戻ってこない。「時は矢のごとく飛ぶ」というが、時の流れは無情に人を待ってくれない。**「月ぬ走いや馬ぬ走い」**。

2　他人ぬくとぅや自分ぬくとぅ（P・186）

「チュヌクトゥヤドゥヌクトゥ」と読む。沖縄の基地問題は、いつ果てるとも知れないほど複雑である。「平和」を叫ぶ人たちが、ひどく戦闘的となって米軍基地周辺に座り込み、戦争を否定しない人が平然としている。見た目と心の矛盾だろうか。

　青い海と美しいサンゴ礁など、豊かな自然に恵まれた沖縄は、日本有数の観光地である。ところが本格化するアメリカ軍基地の移設工事をめぐり、沖縄県と政府の見解が異なり対立が続いている。

そのような社会状況のなかで、戦後沖縄の文化運動を盛り上げたのは豊平良顕さんだった。豊平さんは戦後いち早く史跡保存会を結成、散逸した文化財の収集に努め、沖展(美術展)や芸術選賞(芸術祭)を開催して荒れ果てた人心の再生に尽くした。

そこで思い起こすのが一九七一年二月に沖縄タイムスホールで開催した「巨匠三人展」である。長いあいだ埋もれていた沖縄の伝統工芸を掘り起こした浜田庄司氏の陶芸が、中央のケースに収まっていた。芹沢銈介氏の紅型のような型染めが壁に掛かり、悟りを拓いたような棟方志功氏の版画が美しい額で飾られていた。こうして巨匠たちの作品に接していると、他県の人たちも、わがことのように沖縄の文化開眼のきっかけをつくってくれたその心の底が、改めてぼくたちの魂を揺り動かしたように思えた。

もう五十年近い前の話であるが、ぼくの新聞社勤めのなかで、もっとも多く得たものは教育、文化、芸術関係への考え方と対処の仕方であった。それが必ずしもジャーナリストとしての完全なる道とは言えないとしても、すばらしい大先輩にめぐりあえたことが、代えがたいものとなった。ぼくがいま、文化、芸能関係に心を傾けて、ささやかながらも運動に精力を傾けているのは、当時の体験と教えがあったからである。

沖縄タイムスの文化運動は数多くあるが、ほとんどは豊平さんの手によって出来たといっても過言ではあるまい。この年になって、人の恩義を忘れないことが、いかに大事かがわかるのである。精を出すことの大事さでもある。**「人の恩義忘りば闇ぬ夜」**。

3　肝持ち果報やさ（P・179）

「チムムチクァフーヤサ」と読む。むかしの学校教育では、郷里の踊りをしたり、三線を弾いたりするのは時代遅れで学がなく、野暮なものの象徴みたいに教えられた。とくに少年・少女たちがそんなことをすると「勉強の邪魔になる」と、有識者を自認する教育者たちから小言を受けたものである。しかし、三線が好きな若者たちは、まるで隠れるように家の片隅で弾いたり、こっそりアカバンタあたりへモーアシビ（野遊び）に行ったりした。それは肝と心合わせの遊びであった。

だいたい、沖縄の歌などは学校で習うはずもなく、教科書もすべてが〝東京文化〟で占められていた。それが自己劣等感につながり、ベランメー調の会話がインテリに見えたりした。

さて、戦後はどうだろうか。地域の特性を生かす教育のあり方と平行して郷土への認識が高まり、地方文化が改めて芽を出してきた。地域文化は全国的な傾向であるが、とくに沖縄では個性的な芸能文化が大きく羽ばたいた。従来の音楽、舞踊に創作音楽、創作舞踊、民俗芸能、組踊、演劇などが加わって、ケンランたる芸術時代が出来たのである。

沖縄の文化は多くの国から取り入れて消化し、丸くまとめて独自の文化に仕上げたとも言われるが、時代の流れと言うより、郷土文化は借り物ではなく、自から生み出した宝物である。いや、借り物であっても工夫を重ねて心に強い決意があれば自己思考もよくなる。澄み切った明るい心を持ち続けていると、きっとよいことがある。
「付き肝どぅ愛し心」。

4　童や他人ぬする如くする（P・312）

「ワラベーチュヌスルグトゥドゥスル」と読む。春秋時代の哲学者・孟子は、儒家の理想とする王道主義を説いた賢人だが、彼の母は孟子の教育のために、三度住み処を引っ越した。最初は墓場の近くだったが、どうも陰気くさくていけない。ということで、賑やかな市場のところに越した。ところがこんどは騒々しく賑やかすぎて勉強に身が入らない。そこで、学校の近くに越したら教育的環境に恵まれて、孟子の成長に役立ったというのである。これを「孟母三遷」という。

政治家たちは、子どもたちの教育が環境によって左右されることがないようにと、教育支援や経済的援助など、いろいろ論じているが、沖縄は基地の近くに学校があったりして、教室では飛行機やヘリコプターの爆音で教師の声も子どもたちには聞きづらいことが多いという。沖縄の社会環境は、軍事基地によって大きく変わっている。都市の過密化、離島や僻地の過疎化を含めて、子どもたちの教育環境は損なわれつつあるところが目立つようになった。

むかし、近くの子どもたちは学校が退けても集団で遊んだ。夢中になって「玉転がし」「頭さわり競技」「まりつき」、ときには海辺で遊んだり山登りをしたりしながら、子どもケンカも珍しくなかった。ところがいまの子は家に引きこもり、スマホ遊びなどに凝っているらしい。ひとり遊びに「夢中」で、家の外があまり見えない「霧中」の世界に浸っているのだろうか。

子どもの将来がその生まれ育った環境によって左右されることのないようにするのも親の責任であるはずだが、孟母のようにはいかないのが現実である。三遷はともかく、幼い子どもたちは人がすることをその通り真似をする。生まれた家がら、素性よりも、地域環境やその子が受けた教育の方が大切である。**「童や習わする通ぅい」**。

5　童や誰と応とで済む（P・312）

「ワラベータアートゥウウトゥセーエシムン」と読む。「家庭の日」というのがある（あった）。子どもたちには健やかに明るく円満な家庭が必要である。家庭の日は全国的な記念日として二〇〇七年にはじまり、毎月第三日曜日となっていた。たしか、そのまえに「家族の日」があったはずである。それは毎年十一月の第三日曜日だったが、それを覚えている若い人も少ないのではないか。

沖縄の「家庭の日」は他県よりもっと早く、戦後間もない一九六〇年ごろ、沖縄PTA連合会が主張し、毎月第一月曜日を指定して、親子兄弟が夕げの卓を囲んで団らんとすることを目的とした。それが家庭の楽しみであり、そこに親子兄弟の対話や知識が、知らず知らずのうちに育っていく――というのが趣旨であった。

ところが、やがてテレビが普及し、ラジオも広がりを見せるようになって、それが家庭の中に入り込んできた。親はテレビに目をうばわれ、子たちはラジオのボリュームに耳を傾ける。親子の対話も家族団らんも、電波に襲われてしまったのである。これでは口やかましい母親も勝ちっこない。いくら「家庭の日」と言ったって、電波を疎外するわけに行かない。

最近はもっとひどいらしい。インターネットの普及とともに、ログインして通知をチェックしたり、他人との電波会話に参加したり、あるいはニュース速報、エンタメ情報、スポーツ、政治まで、リアルタイムでフォローできるという。ツイッターなるものによって話も一方通行となって「家庭の日」はもろくも影を薄くした。

それはそれで時代の流れであると、ぼくら老人は受け止めている。子どもらが明るく、たくましく、素直であればそれでよい。「家庭の日」は薄くなっても子どもらは常に光に向かって歩を進めている。それが社会の進歩かもしれない。**「馬や乗て知れ、他人や付き合て知れ」**。

6　女や生まれ一国・育ちや七国（P・54）

「イナグヤンマリヤチュクニ・スダチヤナナクニ」と読む。「女が三人寄ればご馳走の話、男が三人寄ればじゅり呼ぶ話」。旧暦の一月二十日、今年も那覇辻町では恒例の「じゅり馬行列」があった。戦前の大事な交通機関だった古い人力車まで持ち出しての大がかりの催しであったが、「じゅり」といっても若い人たちにはピンと来ないかも知れない。

那覇の辻（チージ）といえば、階級制度が厳しい時代の〝人身売買〟つまり人身御供の象徴であった。自己の意思に関係なく、数多くの娘たちが買われて、年ごろになればここでこびを売り、金力と対決したのである。そうするよりほかに生きる道がなかった。辻では意地の強い遊郭アンマーたちの支配によって、女性社会をたくましく創り上げたのである。

じゅりたちが年に一度、貧しい親たちに踊りを見せたいために、じゅり馬は始まったともいわれるが、それは何を意味するものだろうか。派手に着飾って、きれいにお化粧した娘を見たかったのだろうか。おそらくは悲しみのなかでも、わが娘の晴れ姿にホッとしたかも知れない。それが親孝行なら、孝行とは悲しいものである。

ぼくはまだ中学生であったが「子どもが見るものではない」と言われていたに関わらず「じゅり馬行列」を隠れて見たことがある。着飾って、前の腰に木馬のような木偏をとり、練り歩く姿に圧倒されて、すぐに帰ってしまった。

じゅり馬は、当時の若者たちへの誘惑につながっただろうし、老人たちの感傷にもつながったはずである。男女差が厳しい古い時代の話である。

幸せでも惨めでも女性は男性と生活の場所、思考や習慣も異なることが多い。**「男やじゅり呼び酒飲み女やくぁっちい話」**。

7　木ぬ曲がいや使ありぃしが（P・99）

「キイヌマガイヤチカーリシガ」と読み、さらに「曲がった木は使えても心の曲りは使えない（ククルヌマガイヤチカーラン）」と続く。沖縄には亜熱帯の木々が多いが、その中でも松を詠んだ歌が目に付く。『琉歌大観』（島袋盛敏・著）を見たら、松を詠んだ歌は二、三十首にのぼっている。ほとんどが松に託して恋心や長寿、祝いを歌っており、素朴で美しく曲り、しかも年中みどり葉をつける松は使い途が多彩で、沖縄の人の心に滲みついている。

常盤（ときわ）の松であるから、新年の松飾りからノロの祈りとともに神酒を捧げて健康長寿を祈り、松枝を振ったりした。

その松も、戦後は少なくなった。普天間街道の松並木は軍事基地に追われて街並に変わったし、今帰仁の松並木もクシの歯が抜けたようにところどころ枯れた。佐敷手登根のアカバンタ松も枯れ果てて見る影がない。奄美大島では琉球松がパルプの材料になるとかで、切り出して売る話もあったが、沖縄には、もはやそのような松林は見られなくなった。

しかし、いま残っている名松と言えば、なんとしても伊平屋の「念頭平松」と久米島の「五枝の松」であろう。五枝の松は樹齢二百五十年以上ともいわれ、枝が上へは伸びず地面を這い、みごとな枝ぶりをみせてくれる。「久米の五枝や下枝ど枕、思わらべ無蔵や我腕まくら」と歌にも詠まれ、ロマンを誘う大松である。

伊平屋の念頭平松の樹齢は約二百年といわれているが、面白い説話がある。大昔、この松よりもさらに美しい松が二本生育していて「兄松・弟松」とよばれていた。しかし、となりの島・伊是名に住む山田チクドンが兄松を勝手に切り倒したので、人々の非難を受けて「念頭」し、お詫びの新しい松を植えて育てた。それが、いまの「念頭平松」という。念頭とは心に留め置くこと「念頭平松ぬ枝持ちぬ美らしゃ、田名ぬみやらびぬ身持ち清らしゃ」の歌が残っている。**「木ぬたわみん石ぬたわみん酒かきれー直ゆん」**

8　他人でぃ上や自分んでぃ思り（P・185）

「チュヌウイイヤ、ドゥンディィウムリ」と読む。他人の悩みや喜びも我がことのように受け止めよう。人間というのは、いろいろの気質を持っているもので、ごくマメな人がいるかと思うと、無精な人もいる。大風のあと、庭木の葉や枝が家の前道に散っている。マメな人の庭先は二、三日できれいに掃かれていて草木も伸びていない。枯れ草は捨てるのでなく、畑の肥やしにするという。もっとマメな人は庭木の手入れに熱心で、ソテツを伸ばして下枝を伐り、黒木の枝葉をかっこよくまとめて丸く、あるいは屋根型にする。草花が手入れよく並び、色とりどりの花を咲かせている。それを「オープン・ガーデン」として、見知らぬ人たちを呼び寄せ、「どうですか、この庭」と誇らしげにほほえむのである。

ところが無精な人は庭木どころか、屋敷内の雑草さえ刈るのが面倒くさく伸び放題。思い出したように刈ることはあっても、草は裏山の広場に持ち込んで広げ、やがて枯れ草になるとマメな人が自分の畑に持ち込むように「よろしく」と頼み込むのである。マメの人は身だしなみもよい（とは限らないが）。

むかしは「ダンパチヤー（床屋）」というのがあった。客の髪を整えたりヒゲを剃ったりしてくれるが、必ずしもそれだけではない。マメな人も無精の人もやってきて

五、六人が順番待ちとなるが、ほとんどが知り合いだから、待ち時間の会話が始まる。
「あの次郎はよく働くがケチだよ、寄付もしない」

「ネズミが増えて畑の芋を食ってしまう」

「学校帰りの子どもらにキビ畑を荒らされた」

「このあいだ、いい女がいい踊りをしたよ」

待つのに時間がかかるから、まったくとりとめのないユンタク話から身の上話まで延々と続く。マメな人もイライラしないし、無精の人はそれをいいことに座り込んでいる。床屋というのはムラ内の遊びどころのようなもので、主も客のヒゲを剃りながら話に乗ってくれる。人間どうしの会話が相互の親睦を深めるので、人は自分の心を読むのである。**「ユンタクはダンパチヤーで」**

9　人数多さや吟味多さ（P・226）

「ニンズウフサヤジンミウフサ」と読む。いま那覇市の繁華街は観光客であふれている。県外日本人だけでなく台湾人、中国人、韓国人のほか、東南アジアの人が多く、買い物も各国それぞれ特色があるという。それだけに「爆買い」など、さまざまなことが起きて感情がかみ合わないことも多いらしい。一年間で九百三十九万六千二百の人以上の観光客が訪れ、うち外国人は三百万人というが沖縄のどこに、何を求めて来るのだろうか。

県がまとめた「外国人観光客実態調査報告書」(二〇一七年)によると、一番多いのは海洋博記念公園と、近くの水族館であることがわかった。次いで多いのが首里城。「城」といっても、戦争のための城壁はなく、時の権力者・尚思紹王統と尚円王統の居城としての画丸型石垣と正殿や北殿、南殿などに興味を惹かれるのであろう。買い物では那覇市の繁華街・国際通りに集中する。

外国人観光客は、沖縄のどのようなところに魅力を感じるのかといえば、やはり一位は「多彩な商品」と「自然・景勝地」であった。初夏の五月、北部の山々には、白い伊集の花が咲き乱れている。白い伊集でもよいし、真っ赤なデイゴでもよい。沖縄の自然は美しい。そして天孫時代ならぬアマミキョ時代にニライ・カナイから琉球へ来て国造りをはじめたと伝わる南部の知念、玉城、佐敷あたりに目を向けるのも楽しい旅になるだろう。

地域周りの交通手段はレンタカーが多いといわれるが、観光タクシーも増えた。知り合いの台湾人と話していたら「日本での習慣に慣れていない外国人にとって、もっとも注意しないといけないのは土地の人との会話である。マナーを守ることも大切である」「コトバのギャップも隠せないから吟味も多くなる」ということであった。外国人の数が多くなると、ある目的のために集まった人たちが、自己意見に固執することもある。それが思いもよらない結果を招くことになりかねない。**「人見てど話やする」**

沖縄はユタたちの世界

ウートートゥ　ヒヌカンガナシー
チューヌ　ヒガラムトゥ　デービル
クマカラ　ウニゲー　アギティウイビール
ウクトゥシヤ　イーディ　イキガヤ　ヤーノー
クンジューシチヌ　カジマヤーヌ　ウユウェー
スルクトゥンカイ　ナイビタン
ウユウェー　シミティ　ウタビミソーリ　ウヤファーフジ
アーウートートゥ　ウートートゥ

これは亥年生まれ「老いてカジマヤー」、つまり数えて九十七歳老人の人生祝いを控えて、火之神や仏壇に向かっての、ユタの祈りコトバである。「きょうの日柄もと、こちらからお願い申し上げます。亥年生まれの男が、来年九十七歳のカジマヤーのお祝いをすることになりました。どうぞいいお祝いをさせて下さいませ」という意味である。

祈りコトバはまだ続く。「この前祝いの御願立てをしておりますので、お受け取り下さい。これまで元気に、カジマヤーを迎えさせていただき、誠にありがとうございます。これもご先祖様のおかげでございます」と、実に三十八分間の、長い祈りで、その間、カジマヤー老人だけでなく、子どもたち、孫たち、ひ孫まで静かに聞き入り、ともに合掌することになる。

戦前、我が家の近くにも、優しそうなユタおばあさんがいた。子どもが生まれたら「この子は頭が良くて健康で、親に喜びを与える子になります」と、家に来て幸せを仏壇に祈っていた。

ユタは、このような祝いごとだけでなく、人の不幸、災い、精神的なことまで予告、預言するから人の弱さにつけ込んで迷いを広げることだってある。〝窮したときの神頼み〟ではないが、ユタそのものを否定するのではなく、自らの判断をもって深入りしないことであろう。

沖縄のユタと人々の生活は切り離せないし、ぼくもユタ信仰が内面でどうなっているかについて興味があったから、ユタどころといわれていた屋慶名（うるま市）に何度も顔を出して取材した。北は恩納から南は大里、佐敷あたりのユタたちが、旧暦正月十五日には気高いユタの家に集まった。そこには市会議員、部長、課長と肩書きの付く人たちもいて、ユタたちの話に耳を傾けていた。

ユタたちによれば、どの屋敷の周辺にも「十二の神居」があるという。沖縄の家の平均的造りは、南向けに床の間の上手が一番座、仏壇のある二番座、そして下手が台所（トングワ）と竈場の三番座となる。奥が「クチャグァー」といわれる「物置」で、味噌カメ、大豆ガメなどを置いた。では、住まい家の内外にどのような神々がおられるのか。

第一が「ウヤファーフジ拝み」である。祖先を祀ってある仏壇は家族、親戚、縁者が拝む、家庭の聖域である。信仰心のある家庭では、毎日ウチャトー（お茶接待）をし、日々の健康と情愛、健康を祈る人が多い。幼稚園へいくようになった、小学校入学、高校へと進み、成績表を供えて祈ったら成績がよくなったという。大人になって就職すると、初の給料をもらったからと仏壇に供えて、祖先に感謝する習わしもあった。

第二は「ヒヌカンガナシー（火之神）」で、昔からノロ殿内の拝所に見られる「三個の石」があった。いまでも家内のコンロの後ろに香炉を置いて、旧暦一日・十五日に清水を備えている家が多い。火之神を粗末にすると神が怒り出して火事にすることがあるので、祈りを忘れていけない。ムラの拝所も御願を怠ると山火事が起こると伝えられている。

第三は「ミジヌカミ（水の神）」である。火と水は、人間の生活に欠かせない。水は生命を維持し司る。子どもが誕生したら、ムラの泉、井戸を拝んだ。ウブガー（産井戸）というのは、生まれた子が初めて沐浴斎戒したところと言う意味で、ユタが子の額に水をつけるだけである。とくに権力者のウブガーが民衆の拝所になっているのは、それだけ「権力と水」「人と水」は深い関わりを持っているということであろう。結婚のときの「ミジムイ（水盛り）」、亡くなったときの「シニミジ（死水）」など、人の節目に水は欠かせないし、また動植物も同様である。わがムラにも中央と西と東に水の蔵があって、中国から芋を仕入れて広めた「芋大主（ウムウシュメー、野国総管）」像とともに拝所となっている。

第四は「トゥクノメー（床の間）」である。ヒヌカンと仏壇は主婦が拝み、トゥクは男性が拝むということになっていた。ここを一番座といい、仏壇より上座になっている。掛け軸などがかかる家長の座でもあった。むかしの士族社会では「家主」は上、家族はその下との思想が長く続いた。老爺になると床の間に居座り、高お膳に乗った食事をゆったりと召し上がる。

第五は「ヤーヌカミ（家の神）」である。家を守護するから、仏壇の奥あたりになる。とくに場所は示さなくても、住む人たちの健康と幸せをもたらしてくれると言い、家出したりすると「ヤーヌカミに見放された」という。年ごろの娘が親の反対を押し切って、大阪の紡績工場へ出稼ぎに出て行った。ユタの宣言を受けたら「家の神に見放された」という。しかし、その娘は懸命に働き、仕送りもした。するとユタは「家と長い綱で結ばれた」と再託宣したとの話がある。

第六は「トゥハシラヌカミ（戸柱の神）」である。ヤーヌカミと同じで、家を守護する神であるが特定の場ではない。二番座の、人が出入りする座敷の雨戸から庭に向けて香炉を置き、線香を立てて手を合わせた。昔の沖縄の人たちは、一番座（中前）に祖先霊出入りの場があると考えていた。当時の家には玄関などというしゃれたところはなく、庭に面した雨戸が開閉できるように造られていた。

九十七歳カジマヤー祝いのとき、本人を白装束の西枕（死枕）、つまり終焉にして「クヌトゥシマディクェーブーウキヤビタン（この年まで楽しく生きました。ありがとう）」と祈ったものである。

第七は「ヤシチヌウグヮン（屋敷の神々拝み）」である。屋敷内にはたくさんの神が住み、その守護によって家族は幸せに生きられると信じ、旧暦の毎月一日と十五日にはヤシチヌウグヮンを欠かさなかった。まず仏壇に手を合わせ、拝むところは屋敷の隅々と「庭の神」であった。わが家を例にとると、一番座の右手、小さな横庭に大きなソテツが青く枝を広げていた。そこが庭の神である。ぼくが小さいころ、父を中心に家族そろって大ソテツに手を合わせた。思うに、それが屋敷を保護する「フンシガミ（風水神）」であったのだろう。たんなるソテツであるが何か神々しく感じた。

第八は「ウタキヌカミ（御嶽の神々）」、つまりムラ里を守護する神である。御嶽は土地に住んでいる人たちが、育ちのご恩を示すための拝所であり、また「腰当（クサティ）」の山である。昔は子どもが生まれたとき、よそのムラから移転したとき、家を建て直したとき、あるいはムラ祭りのとき、人々が嶽々へ向かって礼拝した。わがムラでいえば腰当杜はアカバンタであり、辰之口森などである。

ぼくの印象にはないが、「クイサギヌウグヮン（請い下げのお願）」というのもあったらしい。「お願いしたことが果たされましたので願ごとを取り下げます」との意味で、神への礼を意味したという。

第九は「ウティンガナシ（御天加那思）」である。海の彼方に万物を支配する神がおられるという。ウティンガナシは自然の神であり、ここで言う「天」はニライ・カナイの神々である。ノロだけでなくユタたちも海の彼方「ニライの神」に祈りを捧げる。各地で行われる夏の「ハーリー（爬竜船競争）」、大宜味塩屋などの「ウンジャミ」、宮古池間島の「世乞い」、古宇利島の「世果報たぼれ」なども、天ではなく海の彼方を拝んでいる。

第十は「フールヌカミ（豚小屋）」である。よく「豚じゃあるまいし」とか「豚のように」（太って？）など、豚は汚れのように思われるが、豚小屋には怨霊を払い、魂を守護する威力が潜んでいるといわれた。昔は家の西側に豚小屋があって、そこは人間の便所でもあった。こじつけの感もするが、フールは健康の尺度、善悪をより分ける力を持つので、外出先から帰ると必ず豚小屋に行き、豚が「グーグー」鳴かなければ家へ入れないといわれた。男が外で酒を飲んだり女遊びにふけったりすると、豚は寝たふりして「グーグー」鳴かなかったそうである。無理に豚を起こして「グー」と声を出させたとの話もある。フールの神は、逆にきれい好きで安産の神でもあるといわれた。

第十一は「ウジョーヌカミ（御門の神）」である。家族でも他人でも、悪人でない限り家の門から出入りする。したがって門は出来るだけきれいに仕上げ、福の神を呼ぶ門にしたい。ウジョーには福を招く「福之門」、人徳を持つ「徳之門」、すべて清らかな「浄之門」などがある。悪いことが続くと、これは「魔之門」だから方向を変えて作りなおす方が良いと、ユタは勧める。他人の家の門と直接向かい合うのも「タンカーマンカー門」として嫌われる。福の神が右か左か、入るときに迷うからという。

七月お盆で先祖を「ウンケー（お迎え）」するとき、門の神に線香を供え、ローソクの迎え火で祖先を仏壇へ案内する。遠いところからのご来臨なので、入り口に飲み水桶を置くところもある。祖先を送る「ウークイ」の夜は、先祖が悪者に邪魔されることもなくお帰りになるよう、門の神へお願いし、神酒とお茶を門に供える。ウジョーヌカミは家族が皆で大事にしなければならない。

第十二は「墓のヒジャイヌガミ（お墓の左神）」である。昔式のお墓の、向かって右側に、ヒジャイガミを祀ってあるのを見かける。墓の側からすれば左になるから左神。特に門中墓では、シーミー（清明祭）やお墓参りをする「十六ニチー（十六日）」、十二年ごとの墓修理、タナバタ（七夕）、彼岸祭りなど、墓と関わりの行事には、ヒジャイヌガミを拝む門中が多い。

なぜ左側を大事にするのか。ユタの話を総合すると「生前は右、死後は左、お墓全体を取り仕切っているのがヒジャイガミ」という。人が亡くなって葬式になると、あの世も忙しいらしい。全体を取り仕切るのがヒジャイガミだから、死者をよろしくと頼むわけである。

このように、家庭でのできごと、嬉しいこと、悲しいこと、寂しいこと、いろいろなことをご先祖さまに報告し、その恵みによって日々を過ごしていく。ユタもそれは心得ていて、死後の世界と現世を取りなして語ってくれる。とくに沖縄ではどのような宗教よりも祖先への傾倒、祖先崇拝の念が強いと言われる。その、祖先の念によって、沖縄の人は強く生きていくのである。

ユタの存在と時代の流れ

以上、沖縄の人の心とユタの願い事をとりあげたが、友寄隆静さんの『なぜユタを信じるか』（月刊沖縄刊）などを参考にして「ユタの存在とその流れ」に触れてみたい。まず、ユタは大きく分けて「大昔ユタ」「昔ユタ」「いまユタ」の順があると聞いた。

「大昔ユタ」は、頼まれると悩みの人、不安を覚える人などを連れて嶽々川々（泉）を拝む。祖先崇拝の基本観念から遠い時代、神は人間にさまざまな試練を与えたが、その教えは聖域の嶽や水泉に残されている。ここを拝むことによって〝怨霊〟は除けられるという。したがって拝みどころは辺土岬の山から金武の寺と泉、勝連与那城、南城の佐敷グスク、セーファウタキ、浜川御嶽など広範囲に及ぶ。それだけ地域の歴史を知らないと託宣出来ないという。いつだったか、古典音楽家数十人と浜比嘉島を訪れシロミツ、アカミツの歴史話をしていたら、見知らぬ三人のユタから「みなさん、どこの神びとですか、あなた、どこのユタですか」と聞かれた。ユタにとっても「歴史」は欠かせぬ要素となっている。

「昔ユタ」は、身の置き所がなくて苦しむ人、あるいは亡くなった人の祖先や一門の霊を呼び込んで判断を聞くことから始まる。ユタは無意識にも相手から「親ファーフジ（二代、三代前の祖先たち）」の情報を得ているはずで、五十年前、百年前の、その家の状況をよく知っているように話す。例えば「あの畑はあなたの祖父の時代、隣りの人にとられた」とか「あの屋敷は若死が出ていた」など、あたかも祖先のお告げのように語り始め、聞き入る人たちも、その「物知り」に驚嘆する。人たちは、祖先に動かされているのに気づいていない部分をユタが証してくれることに感動する。したがって難を除けるための「拝み廻り」が始まり、祖先への報告となる。

「いまユタ」は、亡くなった人の四十九日法要がすんだあと、身内、つまり妻や夫や兄弟姉妹、子や孫に、亡き人が切々に伝えるコトバをゆっくり語り始める。言い残したこと、やり残したこと、身内への願いなどがユタの口から洩れてくる。そのときのユタは身をかがめ、体をゆがめ、手足が左右、上下に動き、あたかも死んだ人の魂が乗り移ったように苦悩する。その表情、語り口、動きに、並み居る人たちも手に汗を握りながら聞き入り、思わず身震いする。

そして、亡き人が生前なし得なかったこと、財産の問題、子どもの教育なども出来るだけ成就するよう心がけることになる。屋慶名でユタたちの集まりで聞いたことだが、いまユタこそユタの本領であるとのことであった。

このように、ユタが心にとめて拝むところ、精霊シヂ（勢治）高きところが存在すると言うことは、沖縄の民俗・信仰を考える上で、決して無意味ではない。

沖縄のユタがいつごろからいたのか、はっきりした資料はないが、一四〇〇年代、第一尚氏初代・尚思紹王の妹「場天ノロ」が佐敷グスクの守り神ということで、さまざまな祈りごとをしている。ノロとユタは異なるが、祝いごとや悲しみ、さまざまな人生の機微を心得ているユタの存在、歴史は古いと思う。

もともと、ユタは人の吉凶禍福を占ったり祈りを捧げたり、また死霊、生霊を呼び戻して口寄せをするのであるが、興にのって出任せをいうユタもいる。

一六七〇年、尚貞王のころ首里城を修復したとき、ユタの妄言が多いとして向象賢は「羽地仕置」のなかで「ユタの偽り言に惑わされないように」と指示を出している。『球陽』によると「首里赤田のユタは、自分は神であると称して人を惑わし金銭をむさぼり食ったとしてユタ夫婦を捕らえ、打ち首にした」という。

一七三二年には三司官の蔡温も『御教条』を出して「トキ・ユタはいろいろ虚言を吐き、人をたぶらかすため、堅く禁制する」とした。トキとは、男ユタのことで、トキの大屋子ともいう。尚豊王のころ、玉城間切のトキは弟子たちを扇動したとして処刑されている。

そのような厳しい禁令があっても、沖縄の社会からユタは消えなかった。日清戦争が終わってやや落ち着きはじめたころ、ユタたちが徘徊して警察の取り締まりを受けたこともある。ユタの妄言を信じて、沖縄中の拝所をまわり、ついに資産を投げだした話もある。それを「ユタに食われた」という。

一九三一年、満州事変が始まったころ「ユタ刈り」というのがあった。「徴兵忌避など人心を惑わしている」というのが理由で、ぼくの近くの「ユタおばあさん」も警察に引っ張られて三日間の拘置所入りをした。ムラではおばあさんに同情して、警察の仕打ちを恨む声が強かった。

最近、「沖縄に軍事基地のタネは尽きるとも、ユタのタネは尽きるまい」と、ある民俗学者が言っていたが、政治権力によって人の思想を左右することの難しさを、歴史は具体的に示している。

台湾にもいた沖縄ユタ

台湾は美しい島である。戦前の台北師範学校在学中、ぼくは民俗学の国分直一教授のお供をして台湾の台北、淡水、基隆の社寮島、花連など、民俗調査の島廻りをしたが、珍しく北東部の宜蘭を過ぎて蘇澳の近く南方澳集落に「沖縄ユタ」がいることがわかって、直接話を聞くことが出来た。

名前を伏せたユタは年のころ五十代、生まれつき霊感（サーダカ）があったとのことで、沖縄のどこのユタもするように口寄せ、つまり霊を呼んでユタの口から死者の思いを語らせたりするのである。さらに海の豊魚、成功不成功の託宣、結婚の相性、建築や移転などの風水、沖の海の情勢まで判じるので実に幅広い。漁民たちの仕事は〝板子一枚〟の小舟だから信仰心も強くなるのだろう。

漁港で船を見たら漁船には必ず「海の魚の群れ」を確かめるための「船眼」を付けるということであった。なるほど、台湾のほとんどの船、中国福建省を訪れたときも閩（ビン）港に浮かぶ船に船眼が付いているのを見た。船眼によって魚の在り場がよくわかり、さらに天候の見分けをするための千里眼の役目もしてくれると信じられている。沖縄の中城湾に入港するヤンバル船（国頭と島尻南部との交易をしていた帆船）にも大きな船眼があった。日本本土の漁船に船眼はないから、台湾、あるいは福建からの伝承であろう。

船眼を付けた漁船が漁に出るとき、南方澳ではユタが御願をすることが多いとも聞いた。ノロはいないから、神ごともユタの仕事になる。海が荒れても魚が獲れなくても「御願不足」といわれたら、拝み所や海の彼方を拝むことになる。

「お通し」というのがあるらしい。沖縄での「お通し」はあの世への伝言であるが、台湾は沖縄から遠い。漁業の仕事とは言え、ふる里への思いはいつまでも心の底に残っている。たとえ故郷を離れての暮らしであっても「お通しごと」を忘れてはいけないと思っている。そこで、人々は沖縄へ向かって火之神、戸柱、屋敷の隅々を拝み、遠いふる里の神々に祈りを捧げることになる。それだけではない。病気になった。不幸が続いた、魚が思うように獲れない、海難事故まで含めて、願いごとにつながるのである。それがユタの「お通し」という祈りによってよき方向へつながると信じ、生活を支える事になっていたのである。

南方澳では「風水（フンシ）」も大事にされていた。風水とは山川、水流などのようすを考え合わせて、集落の場所、屋敷や墓の配置、家の向き方、物を置く場所などを定める術である。とくに台湾では墓などの配置だけでなく、男女の関係、結婚、移転などにも風水を大事にした。せっかく愛し合ったのに「風水が合わない」と宣言されて泣く泣く別れた若者、それを押し切って二人手を取り合いながら基隆か台北の街へ逃げた元気な若者など、南方澳のユタは風水について話し、そしてゆったりと次のように語ってくれた。

「かまどの神、火之神、水の神、それに石巌當、土地公（土帝君）、台湾沖縄みんな同じです。水の神は海の神、縁結びの神、私、台湾の海神も廟も拝みます」

ここは社寮島（現・和平嶼）と同じ沖縄漁民集落で、台湾系の漁民にとけ込み、協力しながら漁業にいそしんでいるところで、ぼくたちが調査した一九四三年の末ごろは蘇澳を含めて三十七戸だったが、海辺の漁民たちの話では旧暦五月四日の「ハーリー」も欠かしたことがないとのことであった。漁業のせいか、ほとんどが旧暦を使用していて、ハーリーだけでなく十二月二十四日の御願解き（ウグヮンブトゥチ）から正月の初御願、三月の清明祭、タナバタとお盆、重陽の菊酒、十二月の鬼餅（ムーチー）まで、沖縄の民俗信仰そのままという。

国分教授と台湾各地を同行したときのことであるが、台湾の民船には「男船」と「女船」があることを聞かされた。船の形かと思ったらそうではない。舵を取り付けるには船舵板の穴と下金の穴にそれぞれ細い棒を挿入する。下金は少し大きくて上向きで、上から差し込むので男根とするのである。それが「男船」で、挿入される下金を開いているのが女陰、すなわち「女船」であると聞いた。下金を付けなくても船は走るし、付けたままでも走るから、どちらにするかは船主の判断によるらしい。下金は注文者の要求によっては最初から取り付けない場合もあるそうだが、ここ南方澳では舵をとるのに女船に付いている下金は付けたままだから「女船」ということになる。やや北側の亀山島の海辺集落に見られる漁船は、ほとんどが船舵の棒付けて下金をつけないので、ここの漁船は「男船」であると聞いた。北と南の面白い対照をなしているが、男船、女船、漁獲高の差についてはユタも「わからない」とのことであった。

女と男、裏返し問答

毎月の第三木曜日と第四水曜日に、ぼくは女性たちとの懇話会を持っている。男性をまじえてメンバーは十五人から八人であるが、地域も年齢も、定年前の職業も異なるから話題が幅広くなる。ホテルの壁に寄りかかって、あるいはレストラン、飲み屋の一室でたわいのないむかし話に花が咲く。

「田舎者と都会人はどこが違うのか」が話題となった。このメンバーは北の今帰仁、本部、中部は浦添、北中城、南部は与那原、南城、そして那覇、首里と、実に幅広い。

「ヤンバルの旅や幾たびもさしが　見る方や無らぬ海と山と」そのむかし、ヤンバルといえば「田舎っぺー（ヤンバラー）」といわれていた。島尻、中頭は「百姓ども

（ハルサー）」で、最下位の無教養者と思われた。では首里、那覇の人はなんであったのか。物わかりがよく、気前もよく、そしていい着物を着て金もあると空威張りしていた見栄っ張り。したがって見栄をはったり卑屈になったりする人が多かったことは否定できないという。貧富の差も大きかった。

しかし、今日ではもうそのような差別はほとんど消えてしまって、那覇びともヤンバルびとも田舎ハルサーも、それぞれの文化と歴史、あるいは気質まで差がなくなった。ぼくたちの懇話会では、地方から都市へ出てきた若者が、見栄坊の都会人を蹴飛ばして大きな店を開いたとか、都市から田舎に引っ越して大農家になった話などが飛び出して話題は尽きることがなかった。話は広がっても、それはひとつの昔話、笑い話のネタに過ぎないから無邪気である。

その話題のひとつが「布団と女房の話」であった。つまり、女と男の、至って勝手な表面的〝笑い話〟である。

夏でも冬でも、古い布団は日干しにしてもジメジメしてかぶりにくい。やはり新しい布団のほうが気持ちよく眠れる。その、ふとんにまつわる裏返し問答が始まった。

「布団と女房は新しいほどよいと、よく聞きます。身勝手ですね」

「あれは〝畳と女房〟ではなかったかな。中年男のふざけたコトバでしょう」

布団も畳も取り替えたり乾したりすれば気持ちよく眠れるが、女房の方は簡単ではない。布団のように古いのは捨てて新しい女性を求めるとなると、これは簡単ではない。問答を起こしたり多額の慰謝料を請求されたり、場合によっては裁判にかけられたりする。それでも「古女房と布団」などと、男どもは軽口をたたく。

「中年男って、ずいぶん失礼なことを、いとも軽々しく口にするものですね」

「女性を侮辱する封建的な話ですよ。現在なら許しませんね」

「いまも、陰では言いますよ。男は外で威張れないから家でいばっている。亭主関白と言うではありませんか」

古いものほど大切にする。戦争でほとんどの宝物を失ったが、かろうじて残された焼物や三線、太鼓などは大事な宝物になっている。人間と宝物とは違うが、長く共に生きてきた夫婦、とくに妻は古くなるほどに大切である。それを「古女房」と言ってはいけないなど、女性たちの話は止まることを知らない。

さあ、今度は男の側から意見が出た。

「亭主を尻に敷く女房という話もありますよ。布団もかぶらずに敷く」

「ぼろぼろになった布団を外に出して陽に乾して、思い切って三尺棒で叩いたら、古いほこりがいっぱい出てきた」

「結婚当初はしとやかで優しい女房が、七年経つと逆転、ほこりも溜まるだろうよ。女が封建的で、男は民主的ではないのかな」

「壁掛けも障子も、毎年取り替え、張り替えたらきれいになる」

「こどもができてカカア天下、年をとれば〝鬼婆〟というでしょう。〝鬼爺〟というコトバは聞いたことがない」

どうも女と男の話がかみあわず、あとは大笑いとなった。なるほどおもしろい問答ではあったが、いずれも縁の周囲をぐるぐる回っているだけで、核心に触れようとしない。心の隅っこに「笑い」を込めての友情話であるから、まさに女と男、裏返し問答だった。時にお互いの心と心は結ばれた。

神の力彩る女性たち

記者時代に数多くの取材で感じたことだが、沖縄の「女心は秋の空」ではなく、昔から「初夏の空」であった。夫婦の連れを失ったとき、悲しみを乗り越えると生きる道を求めて口紅の色が濃くなり、友を呼び、モアイなどを口実に楽しむコツを知っている。男性は好きな人を探す能力も落ちるし、酒を飲んではテレビと相対することが多くなる。したがって女性は男性より長生きするという。それは全国的傾向としても沖縄の女性には祈りの心、つまり「神の心」が強く作用しているから強くなるのではないだろうか。歴史的に見ても沖縄では伝統的に「神と女性」は一帯であった。女性が政治権力をもって威張っていた時代もあって、女性は根っから強く出来ていることが証明できる。あまり強すぎて人より先にものを言い過ぎれば、あの「眞玉橋説話」

の七色ムーティのように犠牲となることもあるらしい。

さて十四世紀の半ばごろ、宮古の狩俣ムラにマーズマラという女首長がいて、男性どもを手下に使っていた。十六世紀ごろ八重山の与那国にはサンアイ・イソバという名の女首長がいた。サンアイはムラ名でイソバは女性名である。

この首長は力が強く、相撲で勝てる男はいなかった。イソバは島の中央サンアイムラを本拠にして島中を采配し、木や茅をもって住居を作り、人々は布を織ることも知ったという。静かなムラであったのに、ある時宮古の仲屋が率いる軍が攻めてきた。宮古の軍は島の突端・アガリ崎に上陸して攻めたが、イソバは強く抵抗して仲屋たちを追っ払ったほどの女傑であった。

現代日本の社会は明治以降の長い男性中心による政治体制が崩れて、女性知事や女性大臣も珍しくないが、沖縄では六百年前、四百年前から、すでに女性の首長がいたのである。

沖縄の島々には城跡を含めて、数多くの聖域が存在する。そして政治力に結びつく女性たちの力は、多くの聖域と無関係ではない。首里城の赤田御門や恋し叔順（ミムヌ）門、世界遺産のセーファウタキ、神降り初め知念城跡、さらには今帰仁城跡、久高島のクボウの御嶽など、すべて「男禁制」の聖域である。セーファウタキへのお新下り（聞得大君就任の儀式）の際、聞得大君の泊まり場「御仮屋」の作業男どもは女着物「左打合せ」をしての仕事であった。寝る所に「枕二つ」を置いたのは、御神と仮寝の「神枕」であった。

ニライ・カナイ思想に基づく沖縄の信仰は、祖先崇拝の理念とともに女性を強くした。第二尚氏三代・尚真王の母、つまり尚円王妃のウキヤカと華后といわれた思戸金の二人が共謀し、尚円王の弟、二代の王・尚宣威を追放して浦添に閉じ込めたことは広く知られている。女二人が王位を変えるほどの威力を持っていたのである。

村々にはノロがいて、ムラ里のノロ殿内を中心に、祭りの主催をする。ノロは王府の聞得大君から辞令をいただき、それぞれに「ノロ地」という土地財産も与えられていた。いつの時代からノロの神制度があったかは明らかでないが、確立されたのは尚真王の頃（一四八〇年代）としても、佐敷ノロが存在した初代尚思紹王代（一四〇六年代）二代尚巴志王（一四二四年）ごろからノロの祈りはあった。七代の尚徳王（一四六九年）と久高のノロの愛情物語も史書に出ている。

ぼくの集落・佐敷手登根では、ムラ建てをした手登根大比屋（尚思紹王五男）の祭事のたびに手登根ノロが中心になって神々を拝む習慣が戦前まで続いた。ノロは多くの神女と男どもを引き連れて白衣で馬に乗り、拝所をまわって祈りを捧げていた。

各家で、家そのものを護るのは「火之神」で、屋敷のお願祭りの仕様は台所を預かる主婦にある。沖縄の主婦たちは台所と火之神を一番大事にした。

さて、「おんなは戦の先走り（サチバイ）」ともいわれる。久米島の「君南風（チンベー）」ノロ物語がいい例である。一五〇〇年代、先ほど述べた第二尚氏三代・尚真王二十四年のころ、八重山大浜村のオヤケ・アカハチが王府に貢物を怠ったと言うことで冬二月、首里王府は大小の船船四十六隻に兵三千人を乗せて那覇港から出船させた。途中、久米島具志川の港に立ち寄り、気高いノロ「君南風」と神女たちを随わせて宮古経由、八重山に向かった。あえて君南風を選んだのは、石垣のオモト嶽の神女「ツカサ」と久米島西嶽ノロとは姉妹といわれ、君南風は西嶽の系列だったからである。沖縄本島を離れた久米島には霊力の高いノロたちが多いと言われた。船団は宮古の平良港に寄って砂川ムラのアフガマほか三人のツカサ（宮古、八重山ではノロと同格）を乗せ、船団の前に立って勝ち戦を祈り、戦いの場が近づくにつれて、一斉に「古謡おもろ」を謡いだした。

聞得押笠がみてづから祈て
てだが御差し誇て
按司添ひしゆ
拝みて栄よわれ

ノロたちの祈りは冬海の風を吹き飛ばすように、島々まで響き渡った。石垣ムラの大主も首里軍に味方して大浜ムラへ向かった。

「アカハチは、別に首里王府へ反乱したのではなく、祭りを大事にしながら人々を働かせたので、土地の人にとっては良き支配者であった」との説もある。八重山の説話によると、イリキャアマリという土地の祭りを「三日間から一日だけにして人民を働かせよ」との、王府の指示に従わなかったというのが討伐の理由と言われるが、八重山大浜の海辺には「聞得神女たちが自ら祈ってきたよ、あれは太陽がお指図された祈り歌よ」と、王命が伝わってもアカハチは当初「起こし、中日、締まりは祭りのしきたり。みんなで守り抜く」と聞き入れなかった。しかし近づく軍船からの、この「おもろ」を聴き「恐ろしき神女来たれり」と叫び、負け戦になったという。それから、誰言うとなく「女は戦の先頭に立つ」となった。先走りのノロ君南風は、その戦功によりチヨノマクビという神玉と八石二斗のノロ地をいただき、久米島最高の神職となった（拙著『久米島琉歌そぞろ歩き』参照）。

しかしそれは、決して沖縄の女性が戦争好きという意味ではなく、神と一帯になった女性の威力に他ならない。その点で日本史でいう戦国時代から「男尊女卑」の豊臣時代、江戸時代、そして明治以後の国策となった日本の男性中心主義と逆の「女性社会構造」であったことは、沖縄の歴史と文化を考える意味で重要だろうと思う。沖縄の女性は昔から強かった。

沖縄では「妻」のことを「トゥジ（刀自）」と言う。他県では「夫婦」または「夫妻」と言い、男性（夫）が先で女性（妻）は後であるのに沖縄は女性が先、「トゥジミートゥ（刀自めおと）」の女性優先連語もおもしろい。トゥジの持つ意味を考えると、単なる人妻ではなく、もっと重要な位置にあったことを意味するのではないだろうか。日本的に言えば「刀自」は古い万葉仮名で、家事をつかさどる女性を言い、主に年輩の女性に対し、敬意を添えて呼ぶ語でもある。沖縄のトゥジとヤマトの刀自は同格であると考えれば、何となく沖縄女性の位が高くなるではないか。

位の高い大ノロクムイなどは別にして琉球の古いコトバを集めた「混効験集」（一七一一年・尚益二）に「えなご」または「まえなご」と出ている。「ま」は「前（メーイナグ）」「真」つまり接頭の敬語である。男性に敬語をつける例は本土に多いのに、一般女性に対しての敬語は沖縄以外、あまり聞かない。日本語の「夫人」は夫の人、妻の主が「主人」、「奥様」は奥にいる女人だから、やはり女性は男性の従属的立場であるが沖縄は逆。家庭を支える沖縄の女性たち、トゥジたちよ、大いに誇りを持ちたまえ。

厳粛な「白装束の女たち」

神と一帯になれば女性たちはもっと強くなる。集団の強さを現実に感じたのは久高島イザイホウ取材のときである。十二年ごとの午年、戦後三回のイザイホウを、ぼくは現地取材したが、神女たちの、あの周囲を圧する「エーファイ・エーファイ」のかけ声が島全体を覆い尽くし、女性たちがすべて神の力を得て天下を圧倒した。アリクヤーの綱引きは男女相対するが、他の祭りの最中、神職を除くほとんどの男たちは傍観者に過ぎない。

家族のきょうだい女性を「おなり神」という。イザイホウ第四日目に、ナンチュ（三十〜四十一歳の神女）の家庭で「おなり（女）」と「えけり（男）」が対座して、「おなり」から神酒を差し出す儀式がある。それは夫婦ではなく、兄弟と姉妹の関係で、

「おなり（ウナイ）」の霊力で「えけり（ウィーキー）」を護る意味が含まれている。ウナイ姉妹はウィーキー兄弟の守護神・腰当となるのである。

しかし、このような神ごとも時代の流れには勝てなかった。厳粛な印象を残したまま、イザイホウは島影から静かに消え去ろうとしている。

神々の威厳によって、四日間（旧暦十一月の十五、十六、十七日と終了祝いの十八日）人びとを幽玄の世界へ引き込んだこの一大行事は、一九七八年で幕を下ろし、一九九〇年の午年から「御願」だけになった。復元の声はあっても、あの神聖さは取り戻せない。

久高島の人たちは、一般的に物腰がやわらかく、どこかに哀愁をおびた明るさがある。長い歴史によって培われた性格かも知れない。孤島苦の暮らしではあっても、ころの美へのあこがれと信仰の確信だけは持ち続けてきた島びとたちの心意気と、ぼくは受け止めたい。それがすなわちあの大行事「イザイホウ」を支えてきたのであろうと思うが、しかし昔ながらの神事は時代を乗り越えるのに高すぎた感じがする。

島の女性たちは、何百年も前からノロを中心にこの神事を継承してきたのに、たとえ復元しようとも、もう古式豊かなあの感激は甦らないと思う。ぼくは戦後何度か島を訪ね、さらに島への深い思いを込めて『神話の島・久高』（一九六六年）を書き、さらに『白装束の女たち』（一九七八年）を出版した。

　思い起こせば六十四年も前の話になるが、一九五四年午年の十月、沖縄の古代宗教に詳しい鳥越憲三郎先生から「神の島の戦後初の大きな神事、絶好の機会だから見るべき」と誘われた。旧暦十一月といえば、南の沖縄でも襟を立てるほどに寒さが身にしみる。新北風（ミーニシ）も過ぎているというのに、佐敷場天（馬天）の海は荒れていた。乗った小舟（サバニ）は木の葉のように揺れて一時間余り、やっと久高島の白い砂浜に舟頭を突っ込み、ぼくらは裸足になって飛び降りた。あまり冷たくて身震いする。

　カメラと一緒のぼくたちは急いで靴を履き、すぐその足で島の森や御嶽をまわり、祈りがはじまる外間御殿から「内間ノロ」を訪ねたが、七、八人ほど集まっていた神人は「イザイホウについては言うことがありません」とのことで、何一つ聞けない。まさにイザイホウは〝秘祭〟であり、シャーマニズムの信仰であった。

それでも最初から島の古老・安泉松雄さんや内間新昌さん、ウッチ神にお話を聞くことができた。御殿庭での祈りや久高ノロ・内間ノロを祭りの軸とするナンチュたちの「エーファイ、エーファイ」と独特のオモロ唱和に圧倒される。これは神の世界と人間を結ぶ現実と思い、感動を込めて丹念に取材して新聞に連載した。

戦後初のイザイホウは、〝よそ者〟を無視するかたちで執り行われた。それだけに祭事自体が厳粛で、一つひとつの催しにぼくらも引き込まれた。しかし次の戦後二回目(一九六六年)から、県内だけでなく県外からも大勢の外来者が押し寄せて島の人たちの手に負えないほど他島の人であふれた。民俗関係者、マスコミ以外にも物見遊山の人たちが大勢来て、周囲の環境が変わったのである。

ぼくが新聞に掲載したことにより、秘祭が広く知られるようになってしまったのかな、と申し訳なく思ったりしたが、それだけではないことが分かった。

たしか戦後三回目、一九七八年のイザイホウの時、島のひとから「祭事の継承をどうするか」という話を聞いた。しかし保存継承と言っても、単なる「祭り」という大衆的な心理で動いてしまうと形式だけになる恐れがある。祖先への供養であったエイサー（ヤイサー）が、いつの間にか群舞的芸能に変わって行くのと同じようになっては、かつての神秘性が失われてしまうからである。

イザイホウの存続か停止かが問われた一九九〇年のマスコミ関係者は「暮らしの中に祭事が存在するか」「生活とマッチしないではないか」「消えゆく精神世界」「変化したか〝精神世界〟」あるいは「数百年の信仰に変化？」と書き立てた。存続継承をどうするのかという話は、むしろ外部から聞こえたように覚えている。

あれから三十年近くを経た今日からすれば、保存対策と言うよりむしろ歴史的意味を持つ記録作成、あるいは細やかな原初的記録や映写などを通して民俗的解明をすることが大切ではないだろうかと、ぼくは思う。

久高島は拝所、聖域を含めて、最近多くのタブーを仕立てている。外来者への規制によって、島の《聖域》を強調し、それが観光客の関心を高めていくということである。神域にタブーをつけることはそれでよいと思うが、あまり厳しくすると、かえって疎外されることもある。コントロールされすぎると、自然と人間のハーモニーが崩れることもある。十分考慮、検討すべきであろう。

その意味で、海燕社という映画制作会社がすみずみにカメラを向けて「イザイホウ」の実態記録を残している。全体像ではないにしても年月が経つほどに貴重さを増してくるのではないだろうか。

豚と桶とトイレは共通

トイレ磨いて心もピカピカ。ゴム手袋を着用して便器や壁、床のタイルに着いている汚れを落とし、洗浄剤で消毒して洗い流せば清潔になる。しかし、昔の便所は汚かった。あのころの人は豚が居座る豚小屋（ウヮァー・フル）には神がいると思っていた。

昔は住宅の右外れに石囲いの豚小屋があって、囲いの奥は栗石の浅い屋根型を作り、小屋の前方に人が座って便をする縦長の穴があった。用をたすには着物をめくりあげて跨がり、空を見上げながら座る格好になるが、ときおり豚が下から頭を突き出し、お尻をなめようとする。「キャッ、豚の舌がお尻を！」と叫んで飛び立つこともあり、豚もびっくりして逃げていく。子どもは豚小屋に行くのを嫌がって庭先にたれることも珍しくなかった。

豚小屋は二つ若しくは三つ並び、人が座る前方に恥かくしの石があったが、それほどの用はなさない。囲いがないので道を通る人にさえ見られてしまう。それでもさほど気にしなかったし、静かなのんびり社会であった。

人間が朝昼晩に主食とするイモとだし汁の残り物は、ナベにごっつごつ混ぜ合わせて豚の餌にする。栄養をつけて太った豚は、やがて正月料理の花形となって人間の食物にされてしまう。

豚小屋の囲いの中は豚のウンコと人の便で汚れやすい。そこへ藁を敷き詰めて、湿ったところで取り出し、畑のいい肥やしとなる。「金肥などより畑が肥える」と親たちは言っていた。豚も人間も含めて、排泄物は効き目の肥料であり、大事な物であった。現在のように「放射性物質によって牧草が汚れ、豚肉が食べられなくなる」などの心配はまったくなかった。

人間の小用便はどうするのか。ほとんどの家庭では裏庭に桶（シーバイウーキー）を置いて用を足していた。それもやや満杯になると野菜畑の肥料になる。夜の便意には困った。月夜の晩ならともかく、暗い夜中の尿意を暗い豚小屋まで行くのが辛いので、つい近くのキビ畑に行ってしまう。畑の地主は処理に困ったと思う。

戦前の小学校低学年の便所は、教室から離れて廊下を渡ったところにあった。そこに男性女性共用があり、板張り扉付きの便所が五室ほどあった。共用といっても女の子は扉付きしか使用しない。休み時間ともなれば、世話係（当時は小使いさんと言っていた）が鐘を鳴らす。すると女の子も男の子も一斉に便所へ向かう。女の子は「空き待ち」だから列をつくるが、男性の小用便所は左右がだだっ広くなっていた。小用に向かうといっても、ただ大きく流すだけだから一度に五人も十人も同時に用を足すことができるように造ってある。もちろん水道や井戸の水ではなく、自然の流れで隣りどうし見合いながら、そして笑いながら用を足したものである。

それはいいとして、女の子たちは使用している人に「早く早く」とせがむことになる。中鍵はあっても無きがごときで、「まだまだ」というのにこじ開ける子がいる。やがて授業はじめの鐘が鳴る。子どもたちにとって、十分間の休み時間は短すぎた。

衣服はどうだっただろうか。ちょうど「洋服時代」への過渡期で、女の子は相変わらず前結び、男の子は後ろ結びの着物姿の子と、上下流しの洋服姿の半々ぐらいであった。パンツなどというのは着けていてない。それを「マルバイ」といい、別に恥ではなかった。高学年になると女の子は生理用の粗末なはき物をはいたという。

小学校低学年のころ、いじわるな子もいた。女の子の着物の裾をめくりあげてマルバイを見たりする。それが怖くて、休み時間になっても教室から出ようとしない子がいた。教師も心得ていて、交互に警戒役となり「いじわる防止」に努めたのである。

便所嫌いになって、それが授業中にお漏らしをする。そういう子は多少気が弱いので、ただシクシク泣くだけであるが教師の目からはすぐにわかる。こっそりと廊下に連れて行き、世話係に世話させる。濡れたところを拭き取って教室に戻すか、家に帰すか、となるがそれでも別にひがみにならなかった。平和な時代であったと言えるかも知れない。

大人になると女性は前掛けの「メーチャー」、男は前垂れふんどし「サナジ」を着けていた。

そのような時代を過ぎて流れて、便所文化はどんどん進化していく。戦後は豚小屋便所から家の中便所となり、跨がり式から腰掛け式になり、やがてアメリカ式のトイレと変わっていく。

公共のトイレは男女別、ドアは自動式で、座り心地が良い。「止」(赤点)、おしり(Y形)、ビデ(座り方)、「水勢」、「位置」、「パワー脱臭」、「温度」、「節電」、「部品」の設定、「ノズル掃除」まで付いている。奥の方には「過電圧保護付漏電保護プラグ」など、親切すぎて老人たちにはわかりにくい説明があったりする。

老人にとって操作がわかりにくくても、気持ちよく用を足している。用を足しながらも時代の変遷を考えている。

5　この世とあの世

黄色い太陽がこの世を照らしている。ほの暗い島の彼方への回路。あそこがあの世の世界かな？

人生、さまざまな生き方

あるとき、テレビ局の報道制作ディレクターからインタビューを受けた。知念半島の雄大な自然をバックに話が始まる。琉球芸能の由来、久高島神話から、出版した本の話、新聞記者時代の取材のことなど、次々と話題を持ちかけられてあとは雑談となった。

マスコミが老人へのインタビューで、決まって聞くのは「健康のコツは何でしょうか」であるという。ぼくもその経験がある。

記者時代、そのようなインタビューをしたことは多いが、答えはだいたい決まっている。「早寝早起き」「いつも野菜類を食べている」「健康に気をつけて毎日歩くこと」「酒もタバコもやめた」「食事は朝昼晩三食」そして「にっこり笑って、怒らずに」などである。

そのほかに「思考」「嗜好」などもあると思うが、突っ込んだ話はあまりない。ぼくは人より優って健康とは思えないが、記者時代からのくせで、いまも「遅寝遅起き」だし、タバコも吸うし友人たちとの付き合いで酒も飲む。口に合えば牛肉も山羊肉も制限しない。いちいち健康法ばかり考えると人生窮屈でおもしろくない。その場、その場でやりたいことをやり通す以外にないと思っている。それが健康法かどうかは知らないが、自分で決めてやっているだけである。

自らの健康法はともかく、近年はやりの「終活」というコトバは、もともと、葬式とか財産の相続、遺言など、人生最後の締めくくり準備という意味で生まれた新語である。自分の人生に不安があったり残された家族などへ迷惑を掛けないためにはどうすればよいのか、多かれ少なかれ、それはだれにもあることだろう。

あの世へのいざないを含めて、ぼくはすべての宗教を否定しない。沖縄の自然崇拝や祖先崇拝、特定の民族が信仰する宗教、世界的な仏教、キリスト教、イスラム教など、どのような宗派にも、それぞれの良さがあり、それぞれの心がある。改めて自分と向き合い、自分の人生を見つめ直し、そして最後の時間を自分らしく生きることを考えながら日々を過ごしていくのがよい。とは言うものの、ものごとはそう簡単ではない。人生は選択の時代などといわれるように、さまざまな生き方があるはずであるが、ぼくなどは毎日を漠然と生きてしまっているのである。適当に栄養剤を飲んだり年に一度の健康診断は受けても、ぼくはこれまで年月をあまり意識することなく、やりたいことをやって人生九十六年間を生きてきたような感じがする。体調の善し悪し、思考力の低下、体力の著しい衰えはあるが、あまり神経質にならない方が良いと思って日々を過ごしている。人生、さまざまな生き方があってよいのではないか。

死ぬまで生きよう

人は時の流れとともに生きていく。自らの人生を自らの考えで、あるいはそれぞれの時代的制約のなかで生きているということである。生まれ育ち、親の教育を受け、仕事をもち、家庭をつくり、子どもを育て、あるいは自活して、一生を全うすることである。

「人は、いつか必ず死ぬ。死なない人はいない。そのことを思い知れ」「死ぬまでどう生きたいか、どう生きるべきかを考えよう」「逆境が心を強くする」などと、至って一般的で説教的、哲学的なことを述べる人もいるが、要するに「死ぬまで生きよ」というだけではないのか。

そして、大切なことは、死ぬまでに書き残しておかなければならない家族への「遺言書」ではないだろうか。自分が死んでしまったら、後は野となれ山となれでは心許ない。死とは、位牌の親許、祖先と一緒になることとぼくは信じているので位牌の下に座れば心が落ち着く。それで良い。それが最大の安心立命、祖先供養につながると思っている。

そのようなつまらぬ老人妄想をしているうちに、遺言状でも書いて子や孫たちが、ぼくのあとを心豊かに過ごしていけるように伝えておこうと思い、ついパソコンに向かった。

ところが、いざ書こうと思ったら奇妙にむずかしい。念のために遺言資料のページをめくって見たところ、いろいろの書き方があるらしい。例えば「自筆証書遺言」はパソコンでなく必ず自筆、「公正証書遺言」は怪しい税理士の手にのるな、「秘密証書遺言」は封書に入れて公証役場へ、「臨終遺言」は聞き書きして第三者の前で読み上げる。そのほか「障害者の遺言」「お任せ遺言」「世のために書く遺言」、「ペットへの遺言」もあると言うからややこしい。

「児孫の為に美田を残さず」。西郷さんの真似ではないが、ぼくなどはささやかな財産、預金しかない。したがって家族の財産争いはないはずであるが動産、不動産を問わず大金持ちは大変だろうと思う。妄想にかられて、死後のユメが現実の厳しさに引き戻された感じであるが、ともあれ「死ぬまで生きよう」。それ以外ないのではないか。

わが家の祖先たちと位牌

年のせいか、旧暦七月は感傷的になる。別に体調が悪いわけでもないのに、お盆を迎えるときになると胸が詰まって目がにじむ。理由は見つからない。幼いときの孤独感が甦るのだろうか。

ぼくは祖先が子孫の生活に超自然な影響をもたらすと思っており、その象徴的行事が「お盆」である。仏前の二つの石油ランプは昔を偲ぶ象徴で、電気のない時代の遺物であるから、電球を換えて灯すようにしている。飾り物は派手でも、わが家のお盆は敬虔である。

ウンケー（祖先をお迎え）はジューシー（雑炊）を備えるというから、すでに数多くの供え物（実は子たちの持ち寄り）が仏前に飾られている。我が家では大勢の子と孫、ひ孫が集まって、先祖の前で手を合わせる。正確に言えば息子四人と嫁とで八人、孫が男五人と女五人の十人、その婿と嫁で二十人、さらにひ孫十人、祖先の加護によってみんな元気で育っている、幸せな大所帯であるといえよう。

旧盆・七月十三日の夕刻、先祖の御霊は門前の灯に迎えられて仏壇に座られた。沖縄の願いごとは「ウートートゥ」から始まるので仏壇を「トートーメー」という。

朝晩のお膳とお茶を供えて、十三日の昼過ぎに「ウンケー」があり、翌日は「中日」で、戦前は本家親戚の位牌にも線香をあげた。十五日は「ウークイ（お送り）」となる。ウークイの晩は家族がそろい、持ち寄った豆腐、かまぼこ、こんぶなどを詰めた重箱を並べて線香を焚き、手を合わせて供え物のウサンデー重箱（祖先のお下がり）を軒下に出して精霊を見送る。少年のころに親を亡くしたぼくにとって、お盆行事は身につまされる大行事である。

一般的トートーメーは沖縄独特の赤い漆塗「赤位牌」の豪華な造りで、亡き祖先の戒名と名前を金文字で記しているが、わが家の位牌は他家と少し異なっている。桧の木造り板葺き、三階段があって左右に飾り戸、二本の丸木柱に扉が付き、中央の庇ときめ細かい上壁、霊位を納めたところは開閉できるようになっている。仏壇（トートーメー）は畳床から八十八センチ、供え物の場からさらに三段上の最上段に納まるようになっている。

神明造りの本殿にやや似ているが中は異なり、霊位の木札は扉の中に鎮座しているので、霊魂は奥深く、扉を開けない限り表面からは見えない。屋根は古代の家屋を模して高床とし、色彩をつけない質素な造りで、幅二十一センチ、奥行き九センチ、高さはわずか二十四センチのささやかな構造ながら、実に手ごまな細工が施されている。なぜそのような形にしたか、別に大きな理由はないが、わが家にはその方が似合うような気がする。

位牌の両横には常盤（ときわ）の松の実・十三センチほどの大きなマツカサが左右に置かれている。子どもがアメリカのカリフォルニア大学留学中にヨセミテ公園で拾って持ち帰ったものであるが、実の大きい青松は年々の栄えを意味するということである。かつて、わが門中墓入り口に、大人が三人で抱えきれない大松があって、年寄りたちは「大次門中の栄えることを意味している」と誇っていたことを思い起こしてのマツカサ飾りである。

見る側が守護神のように感じるのが、マツカサと並ぶ尊敬する祖先の遺影で、何ともいえない静かな写真が、自分の寂しさ、侘びしさ、そしてうれしさ、楽しさを受け止めてくれているように感じるのである。盆・正月に子や孫やひ孫までそろって仏前に座り、自然と手を合わせるから、家族はすべて祖先と一体であると信じている。みんな線香をあげて拝んでくれる。たとえ遠く離れていても、それが朝晩の家族守護神であると強く思っているから、嬉しいことも悲しいときも「祈り」を忘れない。やがてぼくも位牌の中に収まるが、死んだら祖先と共に全精力で子や孫たち、ひ孫たちを守護しようと考えている。そのように言い聞かせている。

年齢を重ねていくほどに、心の弱さを信心に結びつけたくなるらしい。お盆だけに限らないが、うれしさも悲しさも、寂しさも侘びしさも、位牌の前に坐るとコトバに出せない感傷がぼくの心の奥底をかけめぐる。

理想を失えば老いる

あと三年がんばれば百歳。そのように励ます知人がいる。ありがたいけど、ただ長々と生きる、その願望的な目標はぼくにはない。「その時はそのとき」と思いつつ、日々を楽しくすごしている。泣きごとは言いたくない。老人の哀れっぽい話ばかりもしたくない。

ともあれ、生きておれば来年は「カジマヤー」、つまり数えて九十七歳となる。改めて風車を持つ遊び祝いなどしないが、老境になれば耳も目も遠くなる。耳の病院に行ったら「年を重ねただけで人は老いない。理想を失うとき、初めて老いる」とあった。サムエル・ウルマンの言らしいが、そのとおりかもしれない。

では老人の理想とは何だろうか。「百歳近い老爺さんよ」といわれても、何かをやってみたいという心がけを持つことであろう。ことばを変えれば「つねに心を若々しく、恋も人情も忘れないこと」ではないだろうか。いま、定期的に「悠々会」「菖蒲の会」「阿里山会」「万葉四水会」など、親しい友人との集いをもっているが、ときめきは心を若返らせる妙薬である。

いい意味でぼくには何名かの友人がいる。好きな彼女たちもいる。集いも少なくない。たとえばぼくがある日、突然倒れたり死んだりしたとき、

「えっ、あのひとが？　かっこよく元気そうだったのに」

親しい人たちにそう思わせたい。「かっこよく生きる」ということは非常にむずかしい。服装から顔かたち、歩き方まで工夫しないといけない。ぼくはオールドのジャーナリストだから、芸能評論、文芸誌への原稿依頼などもあるが、それもできるだけ若々しく書くように心がけているつもりである。ただ、自分がかっこよくするために無理をしたり見栄を張ったりはしたくない。野暮ったいおしゃれもしたくない。素朴であれ、ぼくの考え、ぼくの思いを「話題のひとつ」と感じてくれた人がいたらそれ

でよい。そのような友情が、老いぼれた自分への叱咤激励となり、生きる活力となればありがたいと思っている。

人生は未完成

老人たちが「あまり長生きはしたくない」「いつ死んでもよい」などとよく言う。しかしそれは至って観念的で、「では今日か明日死ねるか」といえば「はい、今日」と言う人はあまりいないと思う。やはり、一日でも一ヵ月でも長生きしたいのではないだろうか。

なかには「生きるのが苦痛で自殺する」人もいるが、それは異常であり、異常は正常な生き方ではない。人間だけでなく、生き物には生存本能があり、人間も同様である。

「やるべきことはやった。それでよい」という人もいるが、その人も「今すぐ死ぬか」というと、その意味ではなく、自分自身を納得させているだけでしかない。ほとんどの人は、たとえ死に直面しても「これを思い残している」「これが気になって思いあぐねている」となってしまう。

ぼくは戦時中、何度も「死」に直面した。まず第一は台湾への進学のとき「台中丸」という船は、右に左に蛇行しながら那覇港から基隆へ向かったが、米軍の潜水艦に狙われていると、船員から伝えられた。高千穂丸が遭難したことはあとで知ったが、しかし「死」への自己意識はあまりなかった。「死なばもろとも」至って客観的に考えていた。「死はすべて国のために」、死を恐れぬ教育を受けたせいではなかったのかな。

第二は台湾で在学中、空襲警報が鳴ったときである。一九四四年十月のことだが、沖縄の那覇市が丸焼けになり、米軍は台湾に上陸するとの想定で、ぼくは学校の屋上で双眼鏡を手に空を見つめていた。サイレンが「ボーッ、ボーッ、ボーッ」と鳴った。しばらくすると台北の街並から煙が立ち上っている。防空壕は学校の運動場近くに掘ってあるが避難するつもりはない。学校に当たれば命は吹っ飛ぶ。「任務を完遂せよ」と言われて、ぼくは避難しなかった。しかし、わが学校に爆弾は落ちなかった。

三度目は、在学中に軍隊へ入隊させられた「学徒出陣」だった。なぜかぼくは台湾中部の嘉義市の山手「番路」に派遣された。

米軍上陸があるとすればその地域ではないかと噂されていた。「天皇陛下のために死す」ことが皇民化教育の本義であるから、学徒兵同士「靖国で会おう」の合い言葉があり、死ぬことが本望と言われていたが、そのうち敗戦となり、死なずに済んだ。

戦時中は、誰もが生きることの制約を受けていたが、なかでも、ぼくの胸に刺さったのは少年時代、青春時代の戦争体験で得た「生きることの意義」である。

三度の危険にさらされながら、さいわいに身体的に「死傷」は体験していない。カジマヤー人生が長いのか短いのかは別にして、人の生き方は、必ずしも「死をもって最後」ではなく、子や孫に、あるいは社会に何を残し、何を伝えるかではないだろうか。また自ら目標を掲げて、それに向かって精進する、などというより、「人生は未完成」と考えて墓場に向かう。死してなお、自分の生きてきた道を残しながら、「人生誰かがどこかで、それぞれに自らの心を求めて行くことではないか。その意味では、この世とあの世は密接につながっているはずである。いいこと、悪いことを含めて「人生不滅」にしたい。

「あとがき」——のつもりで

「ぼくの人生は仕事の上でも、ほとんどが満足のいくものであった」と考えることにしよう。幸せな人生だったと確信をもって言うことができなくても、それでいいのではないか。

人生いろいろ、人もいろいろ、ぼくの人生は、家族にも友人にも恵まれていたと思っている。もっとも満足しているのは家族の絆が強く、みんなが元気で自ら選んだ仕事と生活にいそしんでいることである。みんなそれぞれに親思いである。細やかなところまで気を遣ってくれて、その度にこの上ない幸せを感じている。

それにしても、すべてありがたい。琉球大学博士後期課程を経た年若い学者・中村春菜さんは「推薦文」を書いてくださった。数多くの写真は、ご家族の了解を得て今は亡き友人、金城幸彦さんの写真集から引用した。いつも協力を惜しまない松田竹雄、與那嶺紘也、中里道雄さんもありがとう。沖縄タイムス出版部の友利仁さんをはじめ、何度も校閲していただいたスタッフの皆様に感謝したい。そして、多くの友人・知人にも感謝しよう。

宮城鷹夫

2018年7月7日

参考書および資料

（戦前の古い書物から現代版、老人自伝など数多くの方々の著書や友人たちの助言を参考にしました。書名、資料名をあげるとたいへんな仕事になりそうです。まことに身勝手ながら、老齢に免じてお許し下さい）

推薦文

気ままな一冊、機知に富む

中村 春菜

台湾引揚げの体験をお聞きしようと初めて宮城鷹夫さんにお目にかかった時のこと。「僕、何歳に見えますか？」——聞き取り調査をする者として、事前にインフォーマントの基本情報は頭に入れて調査に臨みます。宮城さんのご年齢も存じておりましたが、アイスブレークのつもりで見たとおり「八十歳くらいでしょうか」と返答すると、笑って「そんなに若く見えますか？　もう来年はカジマヤーですよ」と答えられました。そう、私と六十三歳違いの大先輩ですのに、宮城さんは実年齢よりも大分お若く見えるのです。

「カジマヤー」という長寿のお祝いをするには、まだまだ早いのではないかと思うくらい。見た目の若さもそうですが、実際、宮城さんは心がとてもお若いのです。宮城さんからは多くの知識をご教授いただきましたが、先生と学生の関係というよりは、むしろ大学の級友のような感じで話題は機知に富み、いつも会話を楽しむ間柄だと勝手ながら感じています。

そんな級友のような宮城さんから本書の推薦文を書いてほしいと依頼されたときは、私には務まらないと思い、辞退させていただこうかと思いましたが、これも何かの縁。「超老人」を自負する宮城さんの、若者に対する「老人ってこんなもんよ。人生ってこんなもんさ、というのを伝えたい」というお気持ちを汲み、この度一文執筆させていただくはこびとなりました。

さて、本書は宮城さんが前書きで書かれている通り、たしかに人生を重ねられた

「気ままな」一冊です。執筆業を生業とされていた宮城さんは、ご自身を取り巻く政治、風俗、民俗、日常生活など、日々思い感じられたことを鋭く、でもわかりやすく綴られています。宮城さんは「気ままな」と表現されていますが、若輩者の私が読むと、本書はときに辞書的に、ときにアイロニカルに、ときに感傷的で、まさに人生悲喜交々を実感する一冊となっています。「辞書的に」と書いたのは、各所に「黄金言葉（くがにくとぅば）」が散りばめられており、わかりやすく説明されているから。ウチナーグチ（沖縄口）のあまり分からない私たち世代でも、辞書いらずでスルスルと読めます。「アイロニカルに」とは、時折見せる社会や制度に対する反骨精神が見られ、私たちに「考え続けること」をさせるからです。「感傷的に」——これはもう説明いらずだと思います。何度か読み返すことで、著者の思いの丈を少しずつ汲み取ることができそうです。

結びに、本書は、カジマヤーを目前に控えた宮城さんの歩んできた「気ままな」一冊ですが、私の読後感としてはタイムマシンのような一冊。あなたもこのタイムマシンに乗って、昔の沖縄を旅し、ちょっと先の自分の未来を垣間見てみませんか？

（学術博士・中城村史嘱託職員）

著　者　宮城 鷹夫（みやぎ・たかお）

1923年、沖縄県佐敷生まれ。ジャーナリスト。沖縄県功労者（文化・学術）
台北師範学校本科卒業。植民地時代の台湾で民俗と歴史文化を学ぶ。戦後、米国民政府情報教育部（ＣＩＥ）を経て沖縄タイムス記者、論説委員長、主筆、代表取締役専務、タイムス総合企画社長を歴任。長く文化活動に関り、現在、沖縄県文化協会顧問、沖縄県南部連合文化協会名誉会長、南城市文化協会名誉顧問、秘伝古武道本部御殿手範士、全沖縄空手古武道連合会最高顧問。沖縄県文化功労賞（2001年）、文部科学大臣賞（2004年）

【主な著書】
神話の島・久高島（1966年　沖縄タイムス社）
久米島の旅情（1967年　沖縄タイムス社）
日本のふるさと（1970年　沖縄タイムス社）
沖縄・わが心のうた声（1975年　オーガン出版局）
白装束の女たち（1975年　オーガン出版局）
琉歌・久米島そぞろ歩き（1982年　オーガン出版局）
沖縄から見た台湾（2009年　講談社）
変転沖縄・その戦後（2010年　近代文藝社）
時代の風音（2014年　ボーダーインク）
琉歌にひそむ昔びとの物語（2017年　ボーダーインク）

花のカジマヤー　96歳・泣き笑いの独り言

2018年7月7日　初版第一刷

著　者　宮城　鷹夫
発行者　武富　和彦
発行所　㈱沖縄タイムス社
　　　　〒900-8678　沖縄県那覇市久茂地2－2－2
　　　　tel098-860-3591　fax098-860-3830（出版部）
印　刷　㈲サン印刷

ISBN978-4-87127-253-7 C0095